随筆

住みたい田舎

黒瀬長生

創風社出版

はじめに

随筆らしきものを書き始めて二十年になります。こんなに長きにわたって関わるとは思いませんでしたが、それは随筆の妙味に取り付かれたからです。

私は、定年退職後何をするべきか悩んでいたとき、新聞広告で日本随筆家協会の『随筆講座』を知り、その足で入会しました。その後は、作家神尾久義先生の指導を受け、今日を迎えています。

随筆は日常茶飯事が題材です。私たちは日々、悩みや疑問、不安や希望を抱きながら生活していますが、時に、その本質を見極めたくなります。そのためそれらを文章として記述し、推敲を繰り返すことによって、なるほどそうかと解決の糸口にたどり着くことができるから不思議です。

そんな思いでこの随筆集は上梓いたしました。ご一読いただき少しでも参考になればと願って止みません。

著者

随筆　住みたい田舎　目次

V

I

来島海峡

愛媛県今治市の来島海峡は、鳴門海峡、関門海峡とともに「日本三大急流」のひとつといわれている。

十ノットに達する潮流は場所と時間によって変化するため海の難所として知られ、春の大潮になると中水道では直径十メートルの渦を巻き、ゴウゴウと潮音をたてる。

今では、この海峡をまたぐように「しまなみ海道」西瀬戸自動車道が、尾道市から今治市までの全長五九キロを結ぶ国道三一七号の自動車専用道路が通っている。

来島海峡は、自宅から車で二十分の所にあるので、気分転換も含め再三訪れる。展望台からの眺めは絶景である。狭い海峡の青い海を大小の船が次々と航行する。船は右側運航が基本だが、この海峡では潮流が激しいので、潮の流れによって右側運航か左側運航かを海上交通センターが指示し、その指示に従って各船は整然と進む。

缶コーヒーを片手にベンチに座って各船の航跡を眺めると、白波を立てて静かに進む大型のタンカーをはじめコンテナ船、貨物船、島巡りの定期船、漁船などが入り交じり変化にとんだ眺めは飽きることがない。

大阪や九州地区への物流は、この海峡を通らなければならないのである。まさに、この来島海峡は我が国経済の首根っこだと思うとその凄さに驚かされる。

この海峡は約四キロで大小の島々が点在し、その島々を縫うように、三つの水道が通っている。東水道には来島第一大橋、中水道には来島第二大橋、西水道には来島第三大橋が架かり、最長は来島第三大橋の一五七〇メートルである。

これらの橋は、この展望台からは見上げる格好になるが、橋脚の主塔の高さは一七八メートル、海面から道路までの航路高は六五メートル、また、主塔をつなぐケーブルの大きさは直径六五センチの巨大な建造物である。そのため橋を通る車が豆粒のように見える。これほどの大きな橋を完成させた我が国の技術力に敬服するしかない。

来島海峡と航行する船舶、そこに架かる来島大橋の光景は一幅の絵画である。その景観の虜になっているのかカメラを構える方が後を絶たない。

先日のこと、一人で景観に見入っている同年代と思われる男性が話しかけてきた。その方は毎日散歩がてらにこの場所に立ち寄るとのことである。あわせて、先日のことだといって話してくれた。

「この来島海峡を超大型の観光船が通過した時のことである。この展望台はカメラマンで溢れ返った。何時に大橋の下を船が通過するとの情報が仲間内で流れるのであろう。大型の船舶なので橋げたを無事にくぐれるか興味津々で、通過したときは大きな歓声が上がった」

たしかに、カメラマンにとって大型船が通過するときははらはらしたであろうが、通過の瞬間をカメラに納めるため躍起になったはずである。

また、男性は身の上話を始めた。

「大阪で小児科医をしているが、今は息子に代替わりをしたので月の半分程度は診療し、それ以外は自由放免で、この近くにマンションを借り、毎日のようにここに来て来島海峡を眺めている」

これぞ優雅な生活だと感心したが、続けて男性は言った。

「大阪にはこんな場所はない。ビルと車と人の波で、心の休まる環境ではない。ここで鋭気を養って大阪に帰ると心身ともに快適になる。あなたはこんなすばらしい景観が近くにあって幸せですね」

思いも寄らない会話であった。たしかにこの来島海峡の眺めは見事で飽きることがない。それをわざわざ、大阪からマンションを借りてまで、心を癒している方がいるのである。

私のように、その近くに住んでいると、ついついそのすばらしさを見落としがちである。あらためて来島海峡を眺めると、潮流の速さや整然と進む船舶はもちろんだが、見え隠れする砲台跡の島、来島海賊の島、今治藩の馬の放牧の島など、点在する島々の歴史に思いを馳せるのも一興である。

まさに、「えひめ感動の地」第一位に選ばれるのも当然である。

珈琲縁日

令和五年二月五日（日）、郵便局前のポストに手紙を投函した。郵便局は氏神さんの側にある。

ところが、どうしたことか普段と違い周辺は車の長い列である。天候が暖かくなったので、おそらく梅林を見に来たのであろうと思った。それにしても大混乱である。神社の駐車場は二百台ほどあり充分間に合うはずである。しかし、車の流れがいつもと違う。駐車場の案内をしている若者に聞くと、「珈琲のお祭りをしています」とのことである。

珈琲祭りといわれても要領を得ないので、とりあえず車で神社周辺を一周した。驚いた驚いた。神社の駐車場はもちろん、松林や周辺の道路、海岸沿いの空き地は車が溢れ、遠目に見える拝殿前は黒山の人だかりである。何をしているのか覗いて見ようとしたが駐車する空き地がどこにもない。しかたなく一度自宅に帰った。

いかにも神社の動きが気になったので、ネットで検索すると、『綱敷天満宮で珈琲縁日』との記事が目に付いた。それによると、地域をはじめ近郊の喫茶店が集結し珈琲のお祭りをしているとのことである。私も、日ごろ珈琲を良く飲んでいるので、心が動き、女房を誘って出掛けることにした。

神社は、自宅から徒歩で十分ほどのところにあり、広大な松林の中に鎮座する綱敷天満宮で、長い参道と拝殿前に広場がある。境内に入ると驚いた。いくつものテントを張った出店が立ち並び、キッチンカーも数台止まっている。それらの前には多くの人がたむろしている。

案内所の担当者に、これは何かで広報したのですかとたずねてみると、「ネットで珈琲縁日の記事を掲載しただけです。こんなにたくさんの人々がお越しになるとは思ってもいなかった」とのことであった。

まさにたくさんの人々である。とりあえず各店舗を見て回った。テント張りの珈琲店が二十店、雑貨店が五店、キッチンカーが十台である。

珈琲店はいずれも客の前で焙煎した豆を粉砕しドリップ珈琲として提供し、キッチンカーではサンドイッチやピザ、焼きそば、パン、カレーなどが販売されていた。

それにしてもすごい熱気である。いずれの店舗の前にも長い行列で商品のできあがりを待っている。周辺一帯は珈琲の芳醇な香りが漂っている。

これだけたくさんの珈琲店があるのだからそれぞれの店の味は違うはずである。三店舗で注文し味比べをした。一杯五百円である。ほろ苦い味、酸っぱい味、渋味の強い味と三者三様で、珈琲豆によってこれほどの違いがあるのかと教えられた。

広場の中央ではジャズバンドも演奏されている。珈琲片手にジャズの演奏に聞き惚れた。その間も来訪者は次々と訪れ、拝殿前の広場は大混雑である。

一時間半ほど珈琲の味と香りに酔って帰路に着いたが、これらの人々はどこから集まったのか不思議でならなかった。再度案内所に行って、この企画はどこが主催したのかたずねてみると、市内の珈琲豆の問屋さんとのことで、予想外の人出にうれしい悲鳴を上げていた。

私は、次回も開催して欲しいと伝えておいたが、それにしても驚くばかりの人出であった。

　この一件は、今の時代の広報は様変わりしているのだと思い知らされた。広報といえば新聞の織り込み広告やラジオでの呼びかけ、自治会の掲示板でのお知らせなどが一般的であったが、今ではネットで『珈琲縁日』の一文を載せれば不特定多数の人々に周知出来るのである。まさに時代は変わったのである。

　また、この行事を企画した方の先見性も驚くばかりである。おそらく企画者も大成功に胸をなで下ろしているであろう。いや思い通りだといっているかもしれない。

　この綱敷天満宮には、春の例大祭と二月に観梅祭があるが、この人出には到底及ばない。温かい気候がそうさせたのか。珈琲好きが多いからか。意表をついた企画に躍らされたのか。いずれにしても興味をそそる企画であったことは確かである。今から次回の開催が楽しみである。

　それにしても、ネットを覗いている人の多さと珈琲好きの多さに驚かされ、あわせて主催者の企画力に敬服した。

『じゃこてん』

『じゃこてん』は、愛媛県の郷土料理の一つで、小魚の身と皮、骨をすり潰し、小麦粉や卵、塩などを加えて油で揚げたものである。

それを、こともあろうに秋田県知事が、ある会合の挨拶で「貧乏くさい」と評した。これがネット上に拡散し、炎上してしまった。

当の県知事は、あわてて記者会見を開き前言を撤回し謝罪する事態になった。それを受けて愛媛県知事は「秋田のきりたんぽと一緒に食べてみては……」と、軽く聞き流した。

たしかに、『じゃこてん』は、小判型で平板、色は茶色で見栄えは良くない。高級な食材と比較すると見劣りするので「貧乏くさい」と、表現されるのも分からぬでもない。しかし、発言者はこともあろうに県知事である。それも公の場所での発言だから物議を醸したのである。公人の発言は思わぬ一人歩きをする。いくら身内の会合であっても、今は、動画や録音が簡単にできる時代だから細心の注意を払うべきである。

『じゃこてん』は、主に愛媛県の南予地域で製造されていたが、今では県下全域で製造されている食材である。私はカマボコや竹輪より『じゃこてん』の方が好きである。子供のころも良く食べた。母親にとっては食卓に置いておけばいいので手抜きが出来たのであろう。わが家は農家であったので、学校から帰ると両親は農作業で家にはだれもいない。そのときなどは食卓の皿に『じゃこてん』が置いてあった。それをおかずに昼食をとったものである。結構美味しかった。

この『じゃこてん』も、製造する店によって味が違う。見た目は同じようだが、いざ口にするとこんなはずではないと失望することも再三ある。

私の好きな『じゃこてん』は隣町のY店が製造していた。これはまさに絶品であった。何枚も食べられる。食事のおかずとしてはもちろん、おやつとしても酒の肴としても申し分ない。

今では、スーパーに各店の製造した『じゃこてん』が並んでいるが、私は必ずこのY店のものを指定して買っていた。このY店の『じゃこてん』は、一枚一枚は包装はしていない。大きなトロ箱に山盛りに入れられた状態で各自が好きなだけ小袋に入れて買うのである。女房は、いつも十枚くらい買った。それほど飽きない味付けだからである。

少し前の話だが、近所の道の駅の売店を覗いていると、Y店の『じゃこてん』がトロ箱に入れて陳列されていた。以前からこの道の駅でも販売しているのは知っていたが、ほとんどが売り切れで目にすることはなかった。

ところが、その日はトロ箱にあふれんばかりであった。おそらくY店が納品して間なしであろうと思われた。私は例によって十枚買った。

まもなく、作業服の男性が現れ『じゃこてん』を六十枚袋に入れた。さすがの私も意表をつかれ、「お店でもしているのですか」とたずねた。

すると、男性は笑顔で答えた。

「私はトラックの運転手をしているが、ここに立ち寄ったときは、必ずこの『じゃこてん』を買って、友人や知人に渡すと喜ばれる」

「高知にも旨い魚はあるが、この『じゃこてん』にはかなわない。とにかく絶妙の味加減は納得させられる」

それにしても六十枚とは驚きである。しかし、それほどの価値は充分ある。私も、子供のころからY店の『じゃこてん』の味の虜になっていた一人だから……。

ところが、数年前、異常事態が発生した。多くのお客に惜しまれながらY店が廃業するとの噂が広まった。まさかまさかの事態である。

ほどなく、店主に廃業の理由を聞く機会があった。店主は、「原材料の小魚が入手出来なくなった。いくら漁師さんに頼んでも無理で、海水の温度が変わり必要な魚がいなくなった」「一般に販売されている練り物の材料では、どんなにしても今までの味を守ることが出来ない。おざなりの味ではお客様を裏切ることになるので止む無く店をたたむことにした」

店主は苦しい胸の内を語ってくれたが、なるほど、老舗の味にこだわった結末である。それにしても、今では、あの『じゃこてん』が食べられなくなった。子供のころから食べ親しんだ味なので残念でならない。

その後、秋田県知事の問題発言には尾鰭が付いた。そのお陰で、『じゃこてん』の知名度が格段に上がり、売上は上々で製造業者は嬉しい悲鳴を上げているとのことである。また、秋田県のきりたんぽと『じゃこてん』を合わせた鍋セットが販売されるとの、新聞報道がされた。

「貧乏くさい」と見下された『じゃこてん』が、こんなに日の目を見るとはだれが想像したであろうか。『災い転じて福と成す』とはこんなことを言うのであろう。とにかく、『じゃこてん』は見かけは悪いが、結構旨い。今宵の一献の肴に加えてほしい食材だが、Y店の『じゃこてん』は、二度と口にすることは出来ない。無念の一言である。

国会議員の先生

初対面の人と、良好な関係を保つ上で避けたい話題は、宗教と政治だと言われている。なぜなら、宗教や政治は、個人の思想が深く関わり、自分と相手が同じ考えとは限らないからである。

そういう私は、政治的にはどちらかと言えば無関心であるが、ただ、どんな選挙も必ず投票は欠かしたことがない。

政治を保守革新に二分すれば、やや保守に期待しているところがある。それは、先の革新政権時代の力量不足がそんな気持ちを強くさせているのかもしれない。

私の生活している選挙区では、国会議員を三名選出している。衆議院選挙区一名、比例区一名、参議院選挙区一名である。いずれも雲上の先生でお目にかかったことも、お話をしたこともない。

ところが、先日驚くことがおこった。留守をしていた自宅に帰ると、郵便受けに国会議員の先生の名刺が入り、ごあいさつに伺いましたと添え書きがしてあった。あわせて、何か要望があればお聞かせ下さいと、返信付きのはがきが入っていた。おそらく選挙の事前運動だと思われた。

半信半疑で、はがきに要望事項を書いて投函した。それは、私の住んでいる今治市の西側を国道一九六号線が通っているが、その国道は片側二車線で道路脇には街路樹も植えられた立派な道路で交通量も充分ある。ところがその道路の途中の一キロほどが片側一車線になっている。この道をいつも利用している者にとっては、そんなものだと注意して運転しているが、初めての方は慌ててハンドルを切って進路変更をしなければならず危険である。ここを通るたびに、なぜ二車線にならないのかと愚痴るものの、国のすることだからとあきらめている。そんな一車線の部分を二車線にならないかとの要望である。

それから、三日目であった。自宅の電話がなった。受話器を取ると〇〇ですと国会議員の先生からである。私はまさかまさかの感激で、失礼だが先生ご自身ですかと聞き直した。

そうだとおっしゃり、先の要望事項について、先生も理解を示し、少し調べてみますので時間を下さいとのことであった。

私は恐縮してよろしくお願いしますと電話は終わったが、先生が直接架電してくるとは思いもよらなかった。

先生は、私のささやかな要望に関心を示してくれたのである。結果的に二車線が実現しなくても要望を受け止めてくれただけで満足である。

二十年にわたって放置されてきた道路である。それなりの理由があるのだろうが、その理由は一切知らされていない。せめて、二車線にならない理由があるのならばそれだけでも知りたいのである。


今まで、国会議員の先生とは、はるか掛け離れた遠い存在で、庶民の悩みなど意にも介さず、選挙の当選にやっきになっている方だとの思いが強かった。

ところが、今回の一件は、その考えを根底から覆した。私の要望など秘書にまかせて、おざなりな対応をするのが関の山だと思っていたからである。それを先生自らが対応しようとしているのである。結果がどうであっても構わない。庶民の要望に耳を傾けてくれただけで充分である。これからみると、私達自身が先生を遠うざけていたのかもしれない。ある大臣が言った。「政治は聞く力を持つべきだ」と、まさに同感である。

もちろん、国会議員の先生は、我が国の方向を指し示す重大な使命があるが、ときに庶民のささやかな悩みにも耳を傾けることも忘れないで欲しい。政治の根本は、庶民の幸せの追求である。

次回の選挙は、先の先生に投票しようと決めた。何年来の要望に耳を傾けてくれたのだから……。

観光列車

四国には五本の観光列車が走っている。それぞれの愛称は『伊予灘ものがたり』『四国まんなか千年ものがたり』『志国土佐時代の夜明けのものがたり』『藍よしのがわトロッコ』『しまんとトロッコ』である。

令和二年十一月、女房とバスツアーに参加し『四国まんなか千年ものがたり』に乗車した。旅行費用はいつもなら二万円余りだが、ゴーツートラベルの恩恵で一万四千円と格安であった。私の住んでいる今治市からバスで二時間ほど走ると、ＪＲ土讃線善通寺駅に着いた。ここから観光列車に乗車である。ほどなく多度津駅を出発した三両編成の列車が一番線ホームに入ってきた。先頭車両は深い緑色で二両目は淡い水色、三両目は渋い朱色で華やかに彩られていた。

ツアー参加者十六人は三両目の車両に乗り込んだ。車内は木材を贅沢に使った調度品と多数のライトで豪華であった。座席数は二十四席で私たちで満席となった。ほどなく列車は駅員やホームの列車待ちの人々に見送られて静かに善通寺駅を出発した。

しばらく走ると金毘羅宮のある琴平駅で十分間停車となった。そこで駅に併設されたラウンジでカボチャスープの接待を受けた。その後、列車は田園を進んだが沿線の人々は手を振って歓迎してくれる。こちらも負けじと自然に手を振ってそれに応えた。

列車を運行するスタッフは運転手はもちろん、車掌、ガイド、車内員とそれぞれ制服に身を包み、物腰柔らかく笑顔で応対する姿は優美であった。まもなく食事が運ばれてきた。香川県の老舗のレストランの料理長が厳選した地元の食材を使った洋食である。重箱の四つの器に讃岐オリーブ豚のロースト、瀬戸内真鯛の黄金焼き、三豊焼き茄子などである。いずれの食材も美味しく味付けされ見事な盛り付けに舌鼓を打った。その後も讃岐牛の煮込みと麦入りバターライス、コーヒー、デザートと盛りたくさんであった。

列車は山間部に差しかかった。トンネルを何本も抜け人里はなれた秘境駅で十分間停車した。この坪尻駅は四国では珍しく、高低差の関係でスイッチバックをする駅である。駅周辺の山の木々は色とりどりに紅葉していた。　次に、山間部をしばらく進むと遠くに吉野川が見え隠れし、列車は阿波池田駅に到着した。駅長はじめ駅員総出でお迎えである。ツアー参加者の中には駅長との記念撮影に興じ満足している者もいた。

阿波池田駅を出発すると列車は吉野川に沿って険しい山間を走った。眼下に見える大歩危小歩危渓谷の大きな奇岩を眺めていると終点大歩危駅に着いた。駅員はじめ地域の住民総出で笛太鼓のお出迎えである。二時間半の列車の旅であったが、日常では感じられない時間を過ごした。沿線住民の心温まる歓迎と列車スタッフの洗練された対応、美味しい料理、山々の紅葉などいずれをとっても申し分なかった。


駅前からバスに乗って十分ほどで大歩危峡の船下りの乗り場に着いた。バスを降り断崖に取り付けられた長い険しい坂道を下ると船の発着場で、定員二十五名の小さな観光船に乗った。

大歩危峡は吉野川の中域にあって両岸が切り立った大きな岩石に覆われた景勝地で、国の天然記念物に指定されている。吉野川は瓶ヶ森を水源とし高知県と徳島県を流れる水路延長一九四キロメートルの水量豊富な河川で、利根川、筑後川にならび暴れ川の一つといわれている。

大歩危峡は大きな奇岩名岩が立ち並んでいるが、これらは砂質片岩で表面は青灰色で、岩質は硬く分厚い岩層が波状に折れ曲がって峡谷をなしている。観光船はその激流を縫うように三十分ほど進んだが、延々と続く大きな岩盤に圧倒された。

再度バスに乗り込み、最後の観光地四国中央市新宮の『道の駅　霧の森』に向かった。この新宮地区は茶葉の生産地である。みやげに茶葉の粉をまぶした銘菓『霧の森大福』を購入し、緑茶を一服所望した。

これでツアーの全行程は終了である。コロナ禍で外出も制限され自宅で悶々とした日々を送っていたが、今回思い切って小さな旅に出るとゴーツートラベルと地域共通クーポンのお陰で相当得をした感じであった。ことに観光列車の旅は非日常を体験できて大満足であった。

和顔施

正月二日、初詣でに出掛けた。まず氏神さんで家族の平穏を祈願した。晴天に恵まれ沢山の方々で境内は混雑していた。

次に、自宅近くの四国霊場の寺院に女房と車で向かった。この寺院は小高い山の上にあり、その参道の石段は五十段程だが、擦り減って高齢者にとっては登りづらいのを知っているので、裏の細い山道を進んだ。

寺院の門前にたどり着いた。それを石垣の上から覗いていた住職が、「そこに車を止めてはいかん」と声を荒げた。

私は、「お参りして移動します」と答えたが、住職はそれを許さなかった。

「すぐ、車を下の駐車場に止めてください。そこに止めてはいかん」と、目を尖らせ大きく手を振って声を強めて言う。まさに喧嘩腰である。私も住職のあまりの剣幕に負けじと、「お参りしてすぐ下ります」と答えた。

住職は、私を困った輩だと思ったのか、聞き取れないが何か捨て台詞を吐いて庫裡に消えた。

一瞬の出来事であったが、あまりのことで驚いた。もちろん私が指定された駐車場に車を止めれば何の問題も起こらなかった。そのことは認めながら自己弁護しようとは思わないが、住職の頭ごなしでトゲのある言動は、本当に仏に仕えている方なのかと耳を疑った。それも新年早々である。

あえていわせて貰えば、参道の石段が何か所も傾き足を取られて歩きづらく危険である。四国霊場なので参拝者も多くいるのだから、今すぐに改修してもらいたい。参道が整備されて危なくなければ、私も裏道を登って怒られることもなかったはずである。

ただ、今回の一件はまことに不愉快極まりなかった。そのため、この寺院に当分は近づかないであろう。

以前、これによく似たことがあった。氏神さんの梅林の一角に句碑がある。その句碑の周辺をボランティアで清掃し植え込みを剪定していたときである。その清掃道具や剪定バサミなどを積んだ車を句碑のそばに止めた。

　それを宮司は見つけて車は駐車場に移動するようにと注意する。駐車場から句碑までは百メートル余って離れているので、それではあまりにも不便である。そのため、「掃除が終わればのけます」と、答えると宮司はそれ以上は何も言わずに立ち去った。今まで、これと同じような注意を三度も受けた。

　宮司は、車は駐車場に止めて欲しいと杓子定規に指示をするが、私としては、そろそろ私の顔を覚えて貰いたい。

　これからすると、宮司も住職も、それぞれの境内を管理、監視しているのだと使命感が強いのかもしれない。しかし、もう少し穏やかな物腰が取れないのであろうか。

　あまり強く言われると、「句碑の管理は宮司がしてください」「参道の石段の修復を早急にしてください」と、こちらも文句の一つも言いたくなる。


　自宅の近くの家庭菜園に地続きの六十坪ほどの私名義の空き地がある。それは喫茶店の駐車場の隣である。

　喫茶店は正午前後は多くの来客がある。そのため専用の駐車場を溢れた車が、菜園の隣の空き地に止める。

それを私は見て見ぬ振りである。来客の中には心配顔で、「ここに止めていいのですか」と聞く者もいるが、「どうぞ」と答えることにしている。もちろん喫茶店の正式な駐車場ではないし、その使用契約を結んでいるわけでもない。

友人などは、これだけ活用されているのだから、有料駐車場にすべきだというが、私はそこまでするつもりはない。

まさに空き地である。お隣にとって利用価値があるのならば自由に使って貰って結構である。都市部と違って田舎の土地だから……。


こんな呑気な考え方だから、先の住職や宮司の心理が理解出来ないのかもしれない。

ただ言えることは、他人様に注意をするときの態度や言質である。目くじらを立てて頭ごなしに注意をしたのでは効果は半減で、むしろ反感をかうこと間違いなしである。

ことに一般庶民の上に立つ住職や宮司は心して、さすがといわれる高僧や神職であって欲しいと願って止まない。

それにしても、他人様との対応は、とにかく難しく、いかに感情を殺して対処するかである。開口一番に感情を爆発させるのは以っての外で、相手の状況や気持ちを配慮する余裕が欲しい。

仏教に、『和顔施』という言葉がある。相手に笑顔を施すことが徳になるという考え方である。

まさに他人様との対応は笑顔である。それはいくら腹が立ったとしてもである。頭ごなしに高圧的な言動では、何事も解決しない。たとえ言い勝ったとしても、根本的な解決にはならず、お互い遺恨が残るだけである。

正月早々いい体験をした。今年一年、他人様とは笑顔で、優しい気持ちで接しようと決めた。

カキフライとパトカー

昼食のためレストランに入った。ことさら食べるものを決めている訳ではないので、メニュー表を一瞥した。そのなかで気を引いたのはカキフライであった。写真写りがあまりにも見事で美味しそうなのでカキフライ定食と決めた。女房は鍋焼きうどんを注文した。ほどなく、注文の品が届いた。カキフライは五個でキャベツをあしらって皿に盛られていた。メニュー表の写真と同じで食欲を誘った。ただ五個のフライのうち一個が、揚げ方が少しあまいのではないかと思いながら食べたが、美味しく大満足で、食後のコーヒーを飲んでレストランを後にした。

その翌日の昼前であった。椅子に座ってテレビを見ていたが、小用に立とうとすると急に頭がふらついた。やや不思議に思いつつ、用を足して椅子に戻ったが、今度は吐き気がする。あわてて洗面所に飛び込んだ。

とにかく、体調に異常を感じたので横になった。しかし吐き気は治まらない。女房に洗面器を準備させた。何度も吐き出した。ついに胃液まで出る状態となった。お茶を飲んでも吐く状態が続き、何も口にすることは出来なかった。二日間こんな状態が続き、体力は相当落ちているのを実感した。体重も二キロ減った。まさにふらふらである。

おそらく、カキフライの食あたりだと思われた。病院の受診も考えないではなかったが、足がふらつき歩けないので、終日横になって耐えるしか方法がなかった。

三日目、やっと朝食に牛乳とカタクリを食べた。何とか吐き気も治まったようなので、昼食は日本ソバを食べようと車を運転して、近くのソバ屋に出掛けた。少し頭はふらつき視点が定まらない感じであったが、慣れた道なので大丈夫だろうとハンドルを握った。

県道をしばらく進み交差点を右折した。ほどなく、「先の車、左によって停止して下さい」と、言われたような気がしたので、ルームミラーを覗くと後方にパトカーが付いていた。

一瞬、信号無視か、シートベルトかと頭を過った。あわてて、胸に手をやるとシートベルトは掛けていたので安堵した。あとは信号無視なのかと不安のまま警察官の指示に従った。まず、免許証の提示を求められた。警察官はそれを確認しながら、急に笑顔になって、「運転がふらついていますが大丈夫ですか」と言う。

「少し体調が悪いので……」と答えると、「どちらまで」と言う。

「この先のソバ屋まで」と答えると、「気を付けて運転して下さい」と言われて解放された。

その後、ソバ屋に向かったが、パトカーは後方をついて来てくれた。いかにも親切なパトカーであった。

ソバ屋では盛りソバを食べた。ことさら吐き気は催さなかった。ただ、日本ソバの独特の食感はなく、空腹を満たしただけの感じであった。

食後、すぐ車を運転して帰宅するのはやや躊躇したので車中で一休みした。すると、先のパトカーのことが頭を過った。それにしても親切な応対であった。

私は、自動車の運転を始めて五十年になる。この間、パトカーに捕まったのは二回で、信号無視とスピード違反である。それも隠れて見張っていたパトカーに捕まったのである。その時は、はっきり言って腹が立った。そんなにこそこそせずに人目につくように堂々と検問して欲しいと……。

それぞれ三十年も前のことである。その後は安全運転につとめているのでパトカーとは関わりなく平穏に生活してきた。ただ、パトカーとは意地の悪い車だと決めつけてきたが、今回の一件はそれを根底から覆す応対であった。

何事も先入観によって左右を決定する傾向にある。ところが、これらの一連の流れはその先入観を見事に打ち消した。

カキフライとパトカーは、一般的に何の関係もない無縁の事項であるが、時には思いも寄らぬ接点があった。また、過熱したカキフライも食あたりし、親切なパトカーも走行していることを教えられた。物事は、一面でなくいかに多面的に捉えるかである。

それにしても、カキの食あたりは想像を絶した。

図書館

今治地方で編纂された同人誌を読みたくなり、近くの図書館に出掛けた。

各種の雑誌が並べられた玄関ロビーの書棚に置いてあるだろうと、その周辺を見渡したが見当たらない。しばらくその場に立ちすくんでいると、受付カウンターに座っていた女性職員が通りかかったので、「今治地方の同人誌はどこにありますか」と話しかけた。女性職員は不思議そうな顔付きで、私の話が聞き取れなかったのか、「どんな本をお探しでしょうか」と言った。

私は、「今治地方の同人誌はどこに置いてありますか」と再度訊ねた。すると、女性職員は、「同人誌ってなんですか」と聞き返した。

私は一瞬驚き、女性職員の口からそんな言葉が発せられるとは思いもよらなかったが、「地域の文芸愛好家が自分たちで作った雑誌です」と重ねて説明した。

それを聞いた職員は、少し待ってくださいと言って、小声で「同人誌、同人誌」と復唱しながら、カウンターの方に歩いて行った。

ほどなく、パソコンで打ち出した小さなメモを持って、こちらへどうぞと先に立って案内してくれた。

ところが、その書棚にはマンガや婦人服、自動車などが掲載された商業雑誌が並べられてあった。

まさに開いた口がふさがらない。私は、「こんな立派な書籍ではない。素人が作った簡単な雑誌です」と言った。

そのやり取りを聞いていたのか、その場を通りかかった先輩風の女性職員が割って入った。

「それは地域の文芸仲間が作った文集で、二階の書棚にありますので取って来ます」と言って小走りで階段を上った。

しばらく待つと、三冊の雑誌を持って来た。私は、「これです。これです」と言って、少しの間、その場でこれらを読むことにした。

同人誌の各作品は、いずれも読みごたえがあったが、その間、先の職員の対応が頭の片隅から離れなかった。

まず、「同人誌って何ですか」には驚かされた。それも図書館の職員である。図書館にとって同人誌は正式な書籍として取り扱っていないのか。職員間で同人誌を話題にすことはないのであろうか。また、同人誌なる言葉はほとんどの方が知っているのが常識だと思っていたが、それは間違いなのか。

私も二つの文芸団体に所属し、その同人誌に毎号作品を発表しているが、図書館にとって同人誌は存在価値がないものなのかと、何か寂しい気持ちにさせられた。

そのうち、そんなに深く考えて悩む必要はない。これは先の職員の常識不足だ、と自分をなだめることにした。

おそらく、彼女はこの図書館のアルバイトか派遣職員であろう。図書館司書の資格を持った正規の職員ならば、そんな気まずい事態になるはずはないであろう。

それにしても、カウンター内に座っている職員は来館者にとってはプロである。その人に不可解な対応をされると、この組織は本当に大丈夫かと言いたくなる。組織内部では相当高度な知識が求められるであろうが、初歩的な常識も備えて貰いたいものである。来館者が無用の詮索をしなくてすむように……。

その後も、一時間ほど同人誌の各作品を読んでいると、先の先輩風の職員が顔を出し、「先程は失礼しました。不愉快な思いをさせて申し訳ございませんでした」と頭を下げた。理由は一切言わなかったが、私は、「どういたしまして」と答えた。

知識不足の職員との会話で一瞬は寂しい気持ちにさせられたが、このことわりの言葉を受けて気分は晴れた。同人誌も捨てたものではないと、あらためて胸をなで下ろし、次の作品を書く勇気が湧いてきた。

私にとって、同人誌は身近な雑誌であるが、一般の方にとっては馴染みない言葉かもしれないと思い、帰宅して女房に、「同人誌って知っている」と訊ねてみた。

一応それなりの答えが返ってきたので、ひとまず安堵した。

新刊のＩＳＢＮ番号

「黒ちゃん、図書館にあなたの本があった」と、かつての職場の大先輩から驚きの声で電話があった。

最近とみに疎遠になっていたＡさんからである。Ａさんは私が暇にまかせて本を書いていることは知っているはずであるが、まさかその本が図書館に並んでいるなど想像だにしていなかったのであろう。驚いた驚いたの連発であった。

図書館に並べられている書籍は専門書や歴史的な文学書、著名な作家の作品だと思われがちだからである。しかし、私は今まで七冊の本を出版し、有り難いことにそれらはすべて地元の図書館で管理され書棚に並べられているのである。

Ａさんに言われたので久しぶりに図書館を覗いてみた。たしかに最近出版した『随筆ふるさと探訪』が一般文学の書架に並べられていた。次に、書籍の検索機を操作すると、一般文学と郷土資料の書架に並べられていた。図書館は本館と二つの分館があり、それぞれに二冊ずつで合計六冊を管理してくれていることが分かった。素人が道楽で書いた本が著名な作家の書籍と肩を並べているのだから本当に驚きで有り難い限りである。

図書館には何万冊もの書籍が管理されているはずである。しかし、それらの中に私の知人や友人の名前を冠した書籍は一冊もない。もちろん、書籍を作成する知人がほとんどいないからである。ときに句集や自分史を書き上げたと送られてくることがあるが、それらは図書館には保管されていない。

にもかかわらず、私の本が図書館に保管されている経過は、どのようになっているのだろうかと不思議に思うことがある。著者が図書館に著書を持ち込んで寄贈することがあると聞いたことがあるが、私はそんなことは一切していない。

それからすると、図書館は私が本を出版した情報をどんな方法で入手するのであろう。出版社から連絡があるのだろうか。インターネットの情報であろうか。あるいは図書館利用者の要望によるのであろうか。いずれにしても、私の知らないところで本のいろいろな情報が飛び交っているのは確かである。

素人の物書きにとって、出来上がった本が地元の図書館に並べられることは、誠に嬉しい限りで最大の喜びである。

本を作成するにはそれなりの目的がある。その目的がなければ、執筆や編集、校正の苦労には耐えられないであろう。日ごろの思いの丈を一冊の本に取りまとめて、それを一人でも多くの方に読んでもらって、少しでも共感や納得をしてもらいたいからである。そのため、本の内容は一定の水準に達したものでなければならない。まさにISBN番号が付される本でなければならない。この番号は国際標準書籍番号で、書籍の流通業務をコンピューターで処理するための国際的な番号である。十三桁の数字で国籍、出版社名、書名などを表示している。

ISBN番号が付される書籍になるかどうかはことのほか気になるところである。出版社に本の原稿を持ち込んだとき、この番号を付けるに値する内容であるかどうかの検討がされるのである。まさに一般に流通する書籍の内容であるかどうかの審査である。苦労して書き上げた本が、その基準に到達せず私家本として処理されたのでは無念と言うしかない。

この番号が付いた書籍は、当然書店に並べられる。書店に並べられた自分の本を眺めると、何とも言えぬ心境になる。まず、買ってくれる方がいるのだろうかと不安もある。出版当初は、書店の店頭に著名作家の書籍の横に平積みされ嬉しくなるが存外気恥ずかしい。横目にだれか手に取ってくれないかと眺め、本の表紙を頑張れと撫でるのである。

それにしても、素人が書いた本が地元の図書館で管理されたり、近くの書店で販売されるなど、嬉しく応えられないことである。

次に、もう一つの喜びはインターネットで本の情報が配信されることである。著者の名前や書籍名を入力すると瞬時に情報が表示される。そのことによって本の宣伝になりアマゾンや楽天ブック、紀伊国屋書店ウェブストア、オンライン書店などを通じてネット販売してくれるのである。

これらの情報は、はじめは出版社が新刊の情報として配信するが、その後は各社が次々と配信をはじめる。『随筆　ふるさと探訪』について、今では二十件余りの情報が配信されているが私はそのことにも一切かかわっていない。

全国各地の方々はスマートフォンなどを覗いて、たまたまその情報にたどり着くのであろう。その情報をもとに見ず知らずの方々から本の感想などを寄せていただき嬉しくなることが再三ある。

素人の本であるが、ＩＳＢＮ番号が付くと、情報社会の波に飲み込まれ想定外の動きをしているのだと驚かされる。書籍のＩＳＢＮ番号は本当に凄い力を発揮するものだとあらためて感心させられるのである。

無人の野菜販売

家庭菜園で野菜を作っている。菜園は自宅の側で、喫茶店の駐車場に接している。菜園にはキャベツや人参、ソラマメ、大根などを無造作に植え付けているが、今年はタマネギが豊作である。それも極早生のタマネギが六百個ほど出来た。親戚や友人、知人にお届けしたがまだまだ残っている。これらをどう処分するかである。自宅で食べるのにも限界がある。友人や知人に同じ物を何度も渡すのは気が引ける。

昨年は、たまたま畑が空いていたので無計画にタマネギ苗を植え付けたものだと反省しているが、このままでは腐らせてしまう恐れがある。タマネギが欲しい方がいれば自由に持ち帰って貰っていいのだが、そうもいかず無人の野菜販売を思いついた。

その思案の内容は、販売代金を一袋百円の安価とし、代金は備え付けの貯金箱に各自が入れて貰えばいい。また、陳列する台はプラスチックの大きなミカン箱を利用し、設置場所は喫茶店の駐車場に面した所にすれば十分人目に付くであろう。

これこそまさに極小の無人の野菜販売である。私は若いころは公務員であったので商取引の経験は一切なく、金銭感覚は疎いことは自覚しているが、何か浮き浮きした気持ちになった。


まず開店一日目は日曜日とした。喫茶店の来客が多く人目に付くからである。大きなタマネギを三玉ずつ小さなビニール袋に入れた。それを十袋準備してミカン箱の上に並べ、一袋百円と記した張り紙を付けた。そばに陶器の招き猫の貯金箱を置き無人の野菜販売は、十時開店となった。

後は、買ってくれるお客様を待つだけの状態になった。それも喫茶店の来訪者が頼りで、正午前後に多くなるのでそれを期待して自宅に帰った。自宅で待機していても何か気持ちが落ち着かない。買ってくれる方がいるのだろうか。見向きもされないのではないだろうか。値段は高すぎではないか。団地内での無人販売と馬鹿にされはしないかなどと良からぬ不安もあり、遠目に覗きたい気持ちになったが我慢した。

二時過ぎに畑に出向いた。何と何とタマネギは残り二袋になっていた。八袋はお買い上げいただいたのである。驚いた驚いた。もちろん売上代金八百円は貯金箱に入っていた。一日目にしては予想した以上の好スタートであった。

二日目の出店の準備をした。菜園でタマネギを掘り葉っぱと根の部分を取り除いた。それをビニール袋に三玉ずつ入れ、昨日と同じように十個並べた。

いよいよ開店でお客様のご来店を待つだけとなった。気持ちは落ち着かないまま、二時過ぎに覗いた。何と完売である。箱の上には一袋も残っていない。売上金千円も貯金箱に入っていた。

三日目、また十袋のタマネギを並べた。ありがたいことに七袋売れた。そのうちお買い上げいただいたお客様の一人と話す機会があった。とにかく安い。スーパーの半値だ。また、この畑で作っているので産地直売なので安心だと言いながら二袋を手にしていた。

見ず知らずの方に褒められ嬉しくなり、近くのスーパーの野菜売り場でタマネギの値段を確認した。同じ程度の大きさのタマネギ三個は百八十円の値札が付き、タマネギの薄皮は剥がれ白くきれいな商品として陳列されていた。

四日目、天候は小雨が降っていたので販売を中止しようかと迷ったが、臆面もなく十袋を並べた。結果的に完売であった。雨にもかかわらずお買い上げいただいた方に本当に感謝した。

その後も販売を続け、十六日間連続で毎日十袋ずつを並べた。総売上は百四十八袋で貯金箱に入れられていた代金総額は一万四千五百円であった。結果的には売上金が三百円不足であったが、これくらいの誤差はあってもおかしくないはずである。無人でだれも監視していないのだから、もっと沢山の商品が無断で持ち去られるのではと思っていたが、それは無用の心配であった。

善人ばかりである。他人様を疑った自分を恥じた。これからみると時に本格的な無人の野菜売り場を巷で見かけるが、それらも何事もなく順調に運営されているのだと納得させられた。

この二週間、本当に楽しく面白かった。商取引に縁のなかった日々に、誠にささやかな商売に手を染め、心地よい刺激を受けた。

これほどタマネギが売れるとは思いもよらなかった。値段が手頃であったからか。極早生のタマネギであったからか。立地場所がよかったのか。それにしてもお買い上げいただいた方々に心底感謝である。

無人の野菜販売、当初はややためらいもあったが、いざ実行してみると思いもよらぬ体験ができた。ことに売上金がほとんど合致するのに驚かされた。世の中捨てたものではない。まさにこの世は善人の集まりである。

II

雨が降る

今朝、目を覚ますと雨が降っていた。昨日の天気予報では夕方から雨となっていたので少し早まったようである。

昨夜の寝床では、今日の予定は家庭菜園にサツマイモの苗を植えることにしていたので大狂いである。しかし、予定が狂うと後は何をするかである。晴耕雨読なる言葉もあるが本を読む気にはならない。窓越しの雨足を眺めながらテレビを茫然と見ているだけでは意気消沈してしまう。

現職のときはその日の予定は何としてもこなさなければならないとの使命感のようなものがあり、小雨の中でも農作業をしたが、年金受給者になると今日しなくても明日があるとばかりに惰性の日々である。

この雨では農作業は諦めるしかない。さればとてこのまま自宅に籠もっていても始まらない。さて、何をする目的がある訳ではないが、とにかく自宅から出掛けたいのである。

正午前に車を運転して公道に出た。ハンドルを右に切るか左にするか一瞬迷ったが左に切った。五分ほど走ると道の駅『湯の浦』である。とりあえず、そこで休憩をすることにした。駐車場には車が溢れ、キャンピングカーも三台停まっていた。ことに、コロナが落ち着いてからは県外ナンバーの車が結構目に付くようになった。

タバコを吸おうとあずまやに行くと先客がいた。初老の男性である。

「今日は夕方から雨だと聞いていたので予定が狂った」

「福井県から来た。定年して全国を自転車で旅をしている」

「家族とは毎日携帯で連絡はとっている」

「今は各所にコンビニや道の駅があるので、旅をしていても便利になった」

「テントを持っているので気が向いた所で野宿をする」

そんなことを、次々と話しかけてきた。一人で旅をしているので人恋しいのであろう。

私はしばらく聞き役に徹した。

「全国を旅していればいろいろな発見や驚きがあるでしょう。それを手記にまとめてみれば楽しいですね」と私が話すと、「毎日の出来事を日記に書き留め、一定量の原稿が溜まると清書している。新聞社に友人がいるのでいろいろアドバイスを受けている」と、満更でもない反応であった。

ぜひ、手記を完成させてくださいと言って、福井の方とは別れ、近くの休暇村『瀬戸内東予』に向かった。車で五分ほどの高台にある。ここからの霊峰石鎚山をはじめ四国山脈の山々の眺望は絶景だが、今日は残念ながら雲に隠れて見えない。

ホテルのロビーでは数名の客が思い思いに過ごしていた。私はコーヒーを注文し備え付けの観光パンフレットに目を通した。それには今治市と西条市の観光スポットが載っていた。今治市では今治城とタオル美術館、来島海峡の記事が取り上げられていた。

たしかに今治市は、この三か所が代表的な観光スポットである。道の駅で会った福井の方もここを訪れたと言っていたが、県外の方にとってどんな感想だったのか聞いてみたかった。

次に、隣の談話室を覗いたがだれもいなかった。霊峰石鎚山のビデオテープが流れ年間の景色の移り変わりを放映していた。さすが冬季の山は霧氷で美しいが、想像以上に険しく人の立ち入りを許さない威厳を示していた。

この談話室には、私にとって少し自慢ができることがある。それは部屋の一角に小さな本棚があり三百冊ほどの書籍を自由に閲覧出来るようになっている。そのなかに私が以前書いた本が三冊置かれている。それらの本はいずれも手垢が付き表紙も相当痛み、だれかが読んでくれているのだと嬉しくなる。

こうして本として思いの丈を残しておけば、見ず知らずの方々にお読みいただき、少しでも共感してもらえれば作者冥利に尽きるのである。

それからすると、先の福井の方も旅の思い出を何とか手記にまとめられることを願って止まない。そして、完成したときのささやかな感激を味わっていただきたいと、自分の拙本を眺めながら思った。

雨で予定が狂った一日であったが、自宅に籠もることなく近場に出掛けて見ると、思いも寄らぬ楽しい出会いと発見があった。

「いまばり博士」検定試験

『博士』なる学位とは無縁の身であるが、書店で「いまばり博士検定」なる本が目に留まった。

少しばかり興味があったので立ち読みした。それによると、その検定試験は商工会議所が主催し、合格者には「いまばり博士」の称号を与えるというものである。

検定試験は毎年実施され、今治地域の歴史や文化、人物、産業、観光、風俗などの知識を問うもので、上級、中級、初級のコースがある。

これは存外面白くボケ防止に最適だと、そのガイドブックを購入し、その足で商工会議所に出向き受験の申し込みをした。六月十七日のことであった。試験は八月二十日なので二か月間の猶予期間があるから何とかなるだろうと呑気にかまえた。

ガイドブックの巻末に、過去問の一部が掲載されていたがなかなか難しい。問題は一〇〇問で、ガイドブックの記述内容から上級は六十%、中級は八十%、初級は九十%出題されるとのことである。また、それぞれのコースの合格基準は上級は八十点以上、中級と初級は七十点以上と示されている。

ガイドブックは二〇〇ページで写真付きだが本文は小さな活字で解説してあった。これでは高齢者にとって内容を読んで理解することなど到底無理である。しかたなく拡大鏡を使って読むしかないが頭に残らない。

上級コースなどの高望みは以っての外で、中級コースに変更出来ないものかと反省した。ガイドブックを一読したが内容がほとんど頭に入らない。それにしても今治市に五十年余って住んでいながら知らないことばかりである。

歴史や行事、記念碑など覚えることが山ほどある。しかし、記憶力の衰えを実感する。これではと現地を見学することにした。まず、森繁久弥の詩碑、野口雨情の歌碑、高浜虚子の句碑、新しく出来た石の公園など実物を見て廻った。こうすると少しは頭に残った。

こんなことをしながら一か月が過ぎたが、とにかく覚えることが限りなくある。ことに歴史上の人物の名前には苦労する。まだまだ知らないことばかりで勉強するのが嫌になり少しの間休憩した。だが、たえず頭の隅には試験のことが気になっていた。

そうこうすると商工会議所から受験票を送ってきた。それに同封してあった書類を見て驚いた。明徳短期大学で「いまばり博士」検定試験の事前対策講座が開かれるとの案内である。

これ幸いとさっそく受講したが、講師は配布した印刷物をもとに九十分間ほど順次説明された。初めて知る事項がたくさんあった。これぞ、まさに事前対策である。この講義を受講して、何か受験のポイントがつかめたような気持ちになった。その後は試験前日まで毎日三時間ほどガイドブックと配布された資料に没頭した。

いよいよ試験当日となった。早めに試験会場の商工会議所に出向いた。会場にはすでに三名が席に着き、神妙な顔付きでガイドブックに目を通していた。

私も、指定された席に着いたが、今更慌てても始まらないので周囲を見渡した。受験者は老若男女入り交じり三十名ほどで、私世代も結構いた。

試験は一〇〇問の四肢択一式で制限時間は九十分である。問題は簡単なものと難解なものが混在していた。とにかく簡単な問題から回答し、難解な問題は後で答えることにした。

制限時間九十分を必死で問題に取り組んだ感じであった。やっと、試験は終わった。自己採点すると合格ラインの八十点は何とか取れたのではないかと思われた。そうは言っても昨年の合格率は五四％なのでまだまだ安心は出来ない。結果発表は一週間先である。

試験終了後、近くの喫茶店に入ったが、試験の内容が頭から離れない。それほど集中していたのであろうと感心した。いずれにしても試験は終わったのである。いくら詮索しても今ではどうにもならない。全力を尽くしたと自分に言い聞かせてコーヒーを口にしたがホロ苦かった。

後日、試験結果が郵便されてきた。封筒を持つ手が小刻みに振るえた。合格の願を掛けて開封すると合格の文字がほほ笑んでいた。飛び上がらんばかりに嬉しかった。「ヤッター」とこぶしを上げた。女房に叫んで喜びを伝えた。二か月間の苦労が報われたのである。心底嬉しかった。最近味わったことのない快感であった。

これで何とか、「いまばり博士」の称号を手にすることが出来た。届けられた認定証と胸章バッジをしげしげと眺めた。

笑い話と落語

実妹から聴いた笑い話である。

『農家のじいさんが田圃で農作業をしていると、一羽の鶴が飛んで来た。よくよく見ると足に傷を負い助けを求めているようであった。可哀想に思ったじいさんは、自宅に鶴を連れて帰り、傷口に薬を塗り添え木をして介抱してやるとだんだん元気になった。

昔話に鶴は幡を織るといわれているので、じいさんは面白半分に幡織機を揃えてやった。しかし、鶴はいっこうに幡を織る気配はなかった。しばらくして鶴は、「おじいさんお世話になりました。私は鶴ではありませんサギです」と言い残して飛んでいった』

この話に久しぶりに笑った。そばで聴いていた義弟も笑い転げた。話の筋道はどこにでも転がっているような内容だが、実妹の軽妙な話ぶりに引き込まれてしまった。

それから数日後のことである。桂枝雀の古典落語「壷算」を聴いた。これまた抱腹絶倒であった。

その要旨は、『長屋に住む二人の男が瀬戸物屋に壷を買いに行った。一人はずる賢く口が立つ。当初から大きな壷が欲しかったが、まず小さな壷を三円で購入して一度は持ち帰った。ところが途中で瀬戸物屋に引き返した。そして男は、「先ほど小さな壷を三円で買ったが大きい壷が欲しくなったので、この小さい壷を返すので大きい壷と替えて欲しい」と店主に言う。

店主は、了解して大きい壷は六円なので三円の追加を求めたが、そこから男の屁理屈が始まるのである。先に小さな壷に三円支払った。それにこの三円で買った小さな壷を返すので都合六円になる。そのため六円の大きな壷を貰って帰ると御託を並べ立てる。なるほどこれも一つの理屈であるが、店主は何としても腑に落ちない。しかし、男は早口で理屈をこねて自説をまくし立てる。しばらくの間、店主と男の押し問答は続くが、男の屁理屈にも一理あるなと一瞬納得させられるから不思議である。ついに店主も根負けして三円の追加を貰うことなく渋々大きな壷を譲ってしまうのである。男の「思う壷だ……」のサゲで話は終わる』

一般には三円の追い銭を支払って大きな壷を手に入れるのだが、何度落語を聴いても男の屁理屈に翻弄されてしまうのである。枝雀の流暢な話芸の凄さに感心させられ、どこが理屈に合わないのか即座に問題点を思いつかなかった。

「鶴とサギ」の話は、単純に笑い転げることができたが、落語「壷算」は笑いというより、むしろ不思議な感覚にさせられ恐れ入った。

たしかに男は店主に当初三円を支払った。そのことによって小さな壷は男の所有物となった。その小さな壷を店主に引き取って貰うのだから男は三円をいただけることになる。先に支払った三円とこの三円を合計すれば六円である。まことに見事な理屈である。ましてやこの理屈を早口でまくし立てられると店主はもとより、だれしも騙されてしまうであろう。私自身も成るほどそうだと男の言い分に撹乱されてしまった。

この一連の流れは男の屁理屈と分かっているが、いったいどこにその根元があるのかと冷静になって考えてみることにした。

まず、男が三円を支払って瀬戸物屋から小さな壷を手に入れた。ここで一回目の取引は成立した。その後、男は小さな壷の返却で先に支払った三円を店主から返してもらうと一回目の取引は白紙に戻り解約となる。

次に、大きな壷を六円で買うのは新たな二回目の取引である。そのため男は店主から返してもらった三円に手元の三円を追加して六円を支払わなければならないのである。

ところが、落語「壷算」では一回目の取引を清算することなく、二回目の取引が始まったため、話は一層複雑になった。一回目の取引は男が壷を返却した時点で完結したのである。そのことをお互いが認めない限り、男の言うような不自然な流れに巻き込まれてしまうであろう。まさに思考の盲点をついた見事な筋書きの落語である。


職を辞して、惰性の日々を送っていると高笑いをすることはほとんどなくなった。そんなとき巡り合った笑い話と落語である。

日々の生活で苦虫を噛み潰していても始まらない。ときには笑い転げることも必要である。今後そんな機会が多いことを願っているが、私も他人様を少しでも愉快にさせる笑いのネタを持ち合わせたい。当面は、「鶴とサギ」を拝借し、だれかにその反応を試してみたいものである。

ネタ切れ

『ネタ切れ』とは、話す種が無い、または作品の題材が思い浮かばないことを言う。

私は日ごろ暇にまかせて随筆らしきものを書いている。毎月平均して二編の作品をものにしているが、このところ作品の題材が思いつかない。

そのうち何とかなるだろうと呑気にかまえていたが、その状況は簡単には抜け出せなかった。一か月余って作品の題材に巡り合わないのである。何とか抜け出そうと、気持ちは焦るが今回は重症気味である。

物の本によると書く題材が思いつかない時は、過去の『思い出』を題材にすべきで、今の『思い』を題材にしても始まらないと記してあった記憶がある。

しかし、私は今まで八冊の拙本を上梓し、すでに四百話ほど過去の題材で作品を書いているので、これ以上そうそう新鮮な題材が見つかる訳はない。

私が手掛けているのは、随筆であって小説ではない。そこに難しさがある。小説ならば面白おかしく虚構を織り混ぜて物語を完成すればいいのだが、随筆は実体験の中から作品を生み出す苦労がある。また、日記のように日常の出来事を表面的に綴るだけでは、作品としては失格である。私が随筆の指導を受けた作家の神尾久義先生は言っておられた。

「随筆は歴とした文学作品である。そのため随筆は自分自身を素材として、生活報告や個人の感想を述べるだけでは物足りない。自分自身の体験の中から人間の実相を捉え、それをもとに自分自身を客観的に描き出さなければならない」

なるほどそうだと理解はするものの現実はなかなか難しい。単なる報告文や感想文になりかねない。まさに一皮剥げなければならないのである。そんな難しい理屈をこねていたのでは、新たな題材など見つかるはずはない。とにかく報告文でも感想文でもいい、それをネタに作品が書ける題材を見つけたいのである。

プロの作家の先生でも『ネタ切れ』で苦労すると聞くが、素人の私が『ネタ切れ』を起こすのは当然だと受け止めるべきである。慌てず、騒がず呑気に構えておれば、そのうち納得できる題材に巡り合い、嬉しくなって筆が進むであろう。
この苦境を脱するには行動しかないのである。いくら頭で考えても限界がある。物見遊山で小さな旅に出る。友と語る。読書に没頭する。そのなかから、なるほどと納得できる題材が思い浮かぶのである。

その手初めに、近郊のドライブに出掛けた。その時、前々から気に掛けていた焼き鳥屋があった。それは、タウン誌に写っている焼き鳥の宣伝が食欲を誘う見事なものであるからである。初めてのれんをくぐった焼き鳥屋である。その大きさに驚かされた。まさに料亭である。備長炭専門の焼き鳥屋で、店内は満席状態である。私は席に着いて食する訳ではなく、テイクアウトなので好みの品を注文して出来上がりを待った。結果的に四十分ほど待って、持ち帰った焼き鳥を肴にビールを飲んだ。備長炭で焼かれたつくねと肝の串は期待以上の味で満足した。

ビールを片手に、ふと、馴染みの焼き鳥屋での出来事を思い出した。二十年前のことである。当地には小さな焼き鳥屋が沢山ある。それもほとんどの店が炭火焼きではなく鉄板焼きである。

　職場の同僚と仕事帰りにその焼き鳥屋で酒を酌み交わしていた。その時、突然二人の芸人が飛び込んで来た。私はその芸人は知らなかったが、同僚はテレビで数回見たことがあると言った。『テツａｎｄトモ』である。

　彼らは、店内の狭い通路で「なんでだろう……。なんでだろう……」と、得意のネタを披露してその場を盛り上げた。まさに無名時代の売り込みで、こんな片田舎まで来るのかと驚かされた。その後、女将は焼き鳥を御馳走し、「お頑張りなさい」と祝儀を渡した。

　そんな無名に近い駆け出しの頃の、『テツａｎｄトモ』が、今ではテレビで活躍し私たちを楽しませてくれている。ただ彼らは新しいネタは自分たち二人で考えると苦労話をしていたことがあった。たしかに、同じネタをいつまでも続けていたのでは観客に飽きられる。まさに生活がかかっているのだから真剣そのものである。

　それに比べると、私の『ネタ切れ』など足元にも及ばないささやかな悩みである。そう思うと殊の外ビールが美味しかった。

耳鳴り

加齢とともに体調の変化が生じてくる。それも予想だにしないことが起こる。

私は、ここ一週間ほど右耳の耳鳴りに苦労している。今までそんな症状は一度も経験したことがなかったのでその対処方法が分からない。

昼間は日常の生活音に紛れて我慢できるが、夜間静かになると耳の奥でたえず「キイーン」と音がする。何とか気分転換をはかろうとするが治まらない。気にすれば気にするほど、神経が高ぶりこのまま聞こえなくなるのかと良からぬことが頭を過る。

翌朝、ついに我慢ができず近くの耳鼻咽喉科医院を訪れた。待合室で待っている間も耳鳴りは続き、どんな診断が下るか不安であった。

ほどなく診察室に呼び込まれた。医師は簡単な問診をして、右耳の穴に何かを入れてのぞき込んだ。開口一番に、「鼓膜は大丈夫です」とおっしゃった。また、「耳かきでつついたのですか、少し出血があります」と、それを取り除いてくれた。

次に、聴力の検査となった。別室に移動し看護師より機器を操作しながら、いろいろな種類の音を聞かされた。その検査を終えてしばらくすると、再度医師の前の椅子に座るよう促された。医師は先の検査結果のデータを確認しながら、「聴力は五十代ですから異常はありません」「今回の耳鳴りの原因は、肩凝りと視力の酷使によるものだと思われます」とおっしゃった。

医師は続けて、「とりあえずビタミン剤を出しておきます。後は、目を酷使しないこと、また耳の周辺のツボをマッサージしてください」と言われ、こめかみ、あごの付け根、耳タブの後ろのツボを教えてくれた。

「これで耳鳴りは収まると思います」とのことで診察は終わった。受診前に抱いていた心配は見事に吹っ飛んだ。医師の一言一言がこれほど患者に安心を与えるものかと思い知らされた。

帰宅して指示された三か所のツボをマッサージした。また海岸に出掛け一時間ほど海原を茫然と眺めた。これにより耳鳴りは少し落ち着いた感じがするが、まだ完治の状態ではない。そんな即効性があるとは思えないが、これらを日々続けていれば耳鳴りは治まりそうな気持ちにさせられた。

たしかに、この一週間ほどは忙しかった。庭木の剪定である。木々は芽吹き伸び放題である。これらのうち不用の枝を剪定バサミで切り詰めた。自宅の周りには五葉松、紅葉、貝塚イブキ、ツバキ、山茶花、オリーブ、キンモクセイなどが無計画に植えてある。それぞれ植え付けて約四十年になるので存在感を主張している。植えた当初は小さな苗木であったので、早く大きくなるようにと願ったものだが、今では大きくなり過ぎ手に負えない状態である。

これらの剪定で肩凝りになったことは確かである。また、その時期パソコンの作業にも集中した。

医師のおっしゃる肩凝りと目の疲れの診断は見事に的中である。この一週間そんな生活をしてきたのだから、当然と反省しきりである。

今は古希を過ぎた身である。いつまでも気分的に若い頃と同じでいるが体力は正直である。少しの無理が後々体調に変化を生じさせるのだと心すべきである。自分の歳は身体が知っている。それにはあらがえないのである。

受診から三日経った。この間、処方された薬を毎食後に飲んだ。マッサージも欠かさなかった。また、目を酷使しないため意識してパソコンやスマホを使わなかった。

そんな生活をすると、耳鳴りは何となく落ち着いてきた。まだまだ完治とはいえないが、効果が出ていることを実感できた。

今後は、医師の見事な診断に感謝しながら、体力的に無理をしない日々を送りたいものである。それなりの齢になったのだから……。

あわせて、来年の庭木の剪定はシルバーセンターに依頼すべきと決めた。

テレビコマーシャル

民放のテレビ番組を観ていると、各企業の宣伝、家電製品やサプリメント、食品、化粧品などのコマーシャルがあまりにも多い。もちろんＮＨＫと違って受信料を払っていないのだから止む終えないと思うが、それにしてもその多さにはうんざりする。

しかし、これらの宣伝やコマーシャルは見事に編集され、ついつい引き込まれて観てしまう。ことに最近盛んに放送されているコマーシャルに育毛剤がある。それは、卵は二十一日で孵化し羽毛をまとったひよこになるのだから、卵には育毛の成分が含まれているというのである。愛用者の感想なども含め購買心を煽り、放送終了後三十分以内に申し込めば、格安で送料も不要だという。

二年間で一千万本、二百六十七億円の売上があり商品の製造が間に合わないというのだから、相当の購買申し込みが殺到しているのであろう。だれしも加齢とともに頭髪の悩みは持っている。そこに付け込んだ見事なコマーシャルに心動かされるのである。

そういう私も、この商品とは違うが、胡蝶蘭のエキスを含んだ育毛剤を愛用したことがある。それもテレビのコマーシャルに引っ掛かったのである。

五年間ほど愛用したが目立った効果は期待できず、年相応の禿げ具合だと、その後は使用を中止した。

これ以外にもコマーシャルに引き込まれて購入した物がある。高枝切りバサミ、青汁、便秘薬、クッション座布団、安眠剤、カラオケセット、老眼鏡、頻尿薬、草刈り機など限りがない。この中で購入に失敗したのは老眼鏡である。一千九百円で購入した。それで新聞を読むと実に楽になったと喜んでいたが、なんと百円ショップで百円で売っているのを知って笑ってしまった。

また、頻尿薬も効果はなかった。数種類の商品を試みたがこれまた同じであった。いずれのコマーシャルを観ても、頻尿は徐々に改善されるとなっているが、そんな簡単なものではなかった。

それらの商品は医薬部外品なので、薬局で医薬品の頻尿薬を購入したが、これも効果はなく睡眠中に二度尿意を催し目を覚ます。これではと泌尿科を受診し、頻尿の薬を渡されたがこれまた効果はない。

医師は、「年齢的に夜間に二度なら我慢の範囲です。もう少し強い薬もありますが痴呆症状が速まりますので……」とおっしゃる。

医師の診断でも、高齢者の頻尿は一定は仕方がないのだから、テレビコマーシャルの頻尿薬で改善できるようなものではないのだと納得した。

便秘薬も効果はなかった。ところが薬局で買った便秘薬は効果覿面で、毎日快便で体調は申し分ない。

草刈り機、これも購入したときは雑草を簡単に刈り取った。しかし、数回使うと刃の切れ味が悪くなり、ヤスリで刃を研いでみたが元の切れ味には戻らない。

失敗例をいくつか並べてみたが、一方、これは安い買い物だったと満足している物もある。それはカラオケセットである。マイク一本に歌曲を二百曲ほど内蔵した小さなチップが送られてきた。

マイクに接続されたコードをテレビに装着すると準備完了である。あとはマイクの各ボタンを押すと選曲ができ、テレビ画面に映し出される映像に合わせて歌うことができる。音量やエコーの調整も手元で操作出来る優れ物である。

このカラオケセットには虜になった感じで、だれにも遠慮することなく自由気ままに歌い転げることができる。ことに一人のときは新曲を練習するには打ってつけである。

おそらく購入額は一万円ほどであったと思うが十分に元は取った。今後も仲間とスナックに行く前日には、必ずこれで練習をして出掛けるであろう。

高枝切りバサミもいい買い物であった。いまだに切れ味は上々で、わが家の庭木の剪定には重宝している。

これらが私とテレビコマーシャルとのかかわりであるが、どうもサプリメントは宣伝ほどの効果は期待できないし、その効果を測定しようがない。

今、やや心動かされているコマーシャルは、敷布団の上に敷くマットである。愛用者の有名スポーツ選手が、安眠で朝の目覚めは保証するとばかりに、入れかわり立ちかわり感想を述べている。

私も、寝付きが悪く寝不足気味なのでこのマットが欲しいのだが余りにも高価なので二の足を踏んでいる。だれか身近に愛用者がいればその効果を聞きたいのだが一人もいない。安眠となるか、それとも高価な捨て銭となるか、思案の日々である。

句碑の清掃

天神さんの梅林の一角に句碑がある。その句碑は大きい伊予の青石に三句が刻まれている。

帰りたし薄紅梅の咲くころに　つる女
斎庭の梅もふくらみ道真忌　杏　史
白梅のことに輝く日和かな　道　子

つる女は高浜虚子の姪で、俳句結社「ホトトギス」の同人。杏史は、愛媛県俳句協会会長で俳誌「柿」主宰。道子は地元桜井の俳句グループ「さくら句会」の代表である。

私は俳句に造詣はないのでこの俳句の善し悪しは分からないが、ここ数年はボランティアで句碑周辺の清掃や台座の植木の剪定をしている。今年も年末になったので、例年のように作業に取り掛かった。

台座にはツバキとツゲが植えられている。まず、それらの伸びた枝を切り詰める作業から始めた。ほどなく見知らぬご婦人が散歩でそばを通りかかった。

ご婦人は、「お世話になります。ご苦労さんです」と話しかけ、切り散らかした枝をかき集めてくれた。私はこの句碑の関係者かと思ったがそうではなく、「毎日ここを散歩している。ここが汚れているのが気になっていたが、一人で清掃をする勇気はない」とのことであった。

たしかに、ボランティアで物事をするには二の足を踏む。ましてや人目に付くところで一人で作業するには勇気がいる。この清掃作業中も横目で一瞥するか無視して通り過ぎる方がほとんどである。


この作業も十年ほど続けていると、いろいろな驚きの出会いもある。数年前のことだが、近くの公衆便所を清掃している方が、「今まで毎週の清掃であったが隔週となり手当が少なくなった。おたくはどうなっているの……」と不満げに話しかけてきた。

この方もボランティアで清掃作業をしているのだと思っていたが、どうも市役所から委託を受けているようであった。私はだれからも頼まれたわけではなく、まさに気の向くままだと伝えると不思議そうな顔をされた。

　また、初老の紳士からこの句碑が建立された経過書と建立除幕式の記念写真をいただいたこともあった。それによるとこの句碑は地区の篤志家の肝入りで、昭和五十五年六月に建立されたようで、除幕式にはつる女先生、杏史先生、道子先生をはじめ二百名ほどの関係者が参加し盛大であたようである。


　俳句を嗜む者にとって、自らの俳句が句碑として残ることは誇らしく名誉なことである。しかしその後の管理は大変である。

　この句碑も、建立されて四十年に余るが当時の関係者は相当高齢になっているであろうし、むしろ生存者も少なくなったであろう。それが証拠に、この句碑を定期的に管理している方に出会ったことはないし、私が手を付けなければ樹木は伸び放題で周囲は雑草がはえて汚れたままである。

　それにしてもこの句碑は、地域住民の散歩コースの脇にあり否応無く人目につく。俳句に興味のある方もない方も、この立派な句碑を眺めて少しでも心温まる気持ちになってもらいたいものだと願って止まない。そのためなら清掃作業も何らいとわない。

この清掃作業も、今までは自由気ままに続けてきたが、先日、思いもよらぬ話があった。かつての職場のＯＢ会で、先輩から道子先生の兄弟の子供が自分の連れ合いだと知らされた。

先輩は、「道子は生涯独身で後が絶えてしまい句碑を管理する者がいなくなった。自分も遠い縁戚なので何とかしたいが、松山市在住なので、なかなか出掛けられないのでよろしくお願いします」とのことであった。

まったくもって突然の話なので驚かされたが、「出来る限りやります」と答えるのが関の山であった。

そのため、今後は少なからず責任を感じるようになったが、肩肘張らず体力と気力の続く限り気楽に管理するしかないであろう。

団地の変遷

団地内の一戸建住宅が売りに出た。宅地八十坪で全面的にリフォームをした三十三坪の木造住宅である。売値は一千五百万円ほどで手頃な物件だと思われる。以前の住民は若い夫婦で親の家を譲り受けていたものであったが、マンション住まいの方がいいと引き払ったため空き家となったのである。

この団地は四十年前に開発され、各自が宅地の分譲を受け思い思いの家を建てた。十三戸の入居者は高齢の夫婦が三戸、残りは三十代半ばの若者であった。各家庭には、それぞれ子供がいたので団地内は賑やかな声が響いていた。

あれから四十年、団地内も驚くばかりの変化をきたした。まず、高齢夫婦はいずれも亡くなり、ご子息や親戚の者が家を引き継いだ。また、三戸は引っ越し、伴侶が亡くなった方も四戸で、あれほど沢山いた子供たちも巣立ってしまって静かになった。

団地の周辺でも様変わりした。近所にスーパーが四軒、喫茶店も五軒あり便利なところであったが、次々とスーパーは閉店し喫茶店も一軒だけになった。それと入れ替わるようにコンビニが三軒できた。

交通面でも大きな変化がみられる。バス停が団地から徒歩五分のところにあり、二十分間隔で運行され乗客は満席状態であった。今では一時間間隔の運行となり乗客もほとんどいない。

また、電車の駅も徒歩十分のところで、当時は多くのサラリーマンが利用したが、今は通学の学生が殆どとなった。


最近、団地内に新たな動きがあった。わが家と隣接する家に一人暮らしの高齢のご婦人が住んでいるが、体調を崩しがちで入退院を繰り返していた。このところ見かけないので入院しているのだと案じていた矢先のことである。

中年の男性が突然その家に出入りするようになった。やや不審に思っていたが家財道具や寝具などの処分を始めた。私は、隣人が亡くなったのかと思い、「Aさんに何かあったのですか」と話しかけた。

男性は、「親戚の者です。Aは入院しているので不用品の整理に来ています」と丁寧に答えた。

それにしてもである。亡くなった後で家財などを処分するのは当然だが、入院したからといって身辺の整理をする要領のよさに驚かされた。その後も男性は数日間通い、全ての物を排出しそれらを処分場に持ち込んだようである。

その数日後、「来月から私が住むようになりました。よろしくお願いします」と、菓子箱を持って挨拶にきた。

いくら親戚の者だと言われても、入院中の者の家に住み着くとは一般的には考えられない。おそらくAさんは亡くなっているのであろう。今では葬儀も他人に知らせることなくごく簡単に執り行われるので状況は分からないが、それ以上詮索はしたくなかった。それにしても入院中の者の家に入り込むとは相当勇気のいることである。

これで団地が出来た当初から住んでいる者がまた一人いなくなったと思うと、寂しい限りである。

団地全体を見ても、当初からの住人で、夫婦共に健在なのはBさん夫婦と私たちだけとなった。このご夫婦とは世代的にも近いので日常的に親しく付き合いをしているが、お互い末長く健康で頑張りたいものである。

私たち団塊の世代が家を建てたころは、住宅の供給が間に合わず、不動産業者は宅地開発に躍起になり少しの空き地があれば団地を造成した。近郊にもたくさんの団地ができた。おそらくそれらの団地も、私たちの団地と似たり寄ったりで空き家が出始めているであろう。ことに、田舎では住民の減少でその傾向は強くなっている。

それにしても四十年の歳月は、団地内でも大きな変化をもたらしたものであると感心させられる。私も残りの人生は五年か欲を言って十年であると思うが、まだどんな変化があるのか見届けたいものである。

一千五百万円の売り物件は、不動産業者に連れられて見学者は結構あるが、なかなか売買までには至らないようである。どんな方が隣人となるのか、不安もあるが少し楽しみである。

観光案内人

私は、今治商工会議所から『いまばり博士』の称号を貰った。いわゆる今治市の観光案内人である。

これは、ご当地検定の試験に合格した者に与えられる称号である。試験は、毎年実施され歴史や文化、産業、旧跡、行事など広範囲の知識を求められるものである。私も今年の試験に運よく合格し合格証書と立派なネームプレート、徽《き》章バッジをいただいた。

当今治市は、瀬戸内海に面した人口約十五万人ほどの城下町である。私も、ここで生活して五十年になるが、知らないことばかりで驚いた。受験勉強により、今では何とか薄っぺらいながら市内の知識が身についたような気がする。

この市も、かつては港町で賑わったが、しまなみ海道の開通で、港は寂れ船の出入りはほとんどなく閑散とした市街地になった。

自宅でくつろいでいると電話がなった。高知県在住のAさんからで、今治駅にいるので会わないかとのことである。私は快諾して駅に向かった。

Aさんに会うのは十年振である。彼とは在職中に四国の会議で知り合い、何となく気心が通じ交際が始まった。

駅前の喫茶店で落ち合い近況を語り合った。今日の予定を聞くと、特になく市内観光をして焼き鳥を食べ、ホテルで一泊するとのことであった。

市内観光と聞いて、急に、『いまばり博士』が頭を過り、早速、今治城を案内することにした。

今治城は海岸近くにある平城である。ささやかな知識で案内を始めた。今治城は藤堂高虎が一六〇四年に築城した。五層の天守であったが、ほどなく丹波亀山城に移築され、現在の天守は一九八〇年に再建された。築城当時は三重の堀に囲まれ、そこに海水が引き込まれ全国的にも珍しい堀であったが、今では内堀の一部を残すだけとなり、城郭は高さ十一メートルの野面積みの石垣に囲まれている。

天守に上がると、各階は甲冑や武具、古文書などが展示されていた。天守の最上階からは市街地はもとより瀬戸内海の島々や霊峰石鎚山の四国山脈が見える。

今治城は昭和になって天守が再建された小さな城で、高知城のように江戸時代に建てられた天守と御殿が現存しているのとは比較にならないが、彼は天守からの眺望の見事さには驚いていた。


次に、車で十分ほど走ると来島海峡展望台である。来島海峡は我が国三大潮流の海の難所である。狭い海峡を大小の船が白波を立てて規則正しく進む。船は右側通行が原則だが、この海峡では潮流によって左側通行となるとのことである。この海峡をまたぐようにはるか高い所に来島海峡大橋が架かり、行き交う車が豆粒のように見える。

海峡の島々が見えかくれする。それを縫うように漁船を始め小船が進む。潮風は心地よい。いつまでも見飽きない景色で、彼も高知にはない光景だと見入っていた。

しばらく海峡の景観に見取れ、その後、『テクスポート今治』に行った。タオル製品の販売所である。今治といえばタオルである。市内に関連の企業が六十社を越し、そこで製造した製品をここで買うことができる。今では、高級品のブランドマークが付き売れ行きは上々で、全国シェアの七十パーセントを占めるようになったとか。今治産タオルはとにかく肌触りと吸水性が抜群で、彼はバスタオルを買った。

いよいよ待ちに待った焼き鳥屋である。市内には五十軒ほどの焼き鳥屋がある。そのなかで、馴染みの『五味鳥』の赤いのれんをくぐった。大将は笑顔で元気よく迎えてくれた。席に着くや、名物の皮と唐揚げ、れんこんを注文した。ここの焼き鳥は炭火焼きと違い鉄板焼きである。そのことによって早く料理ができ、今治人のせっかちな気質に対応できるとのことである。ことに、鉄板で焼かれた皮は香ばしくジューシーで、タレと見事に調和し絶品である。おのずと話も弾みビールも進んだ。彼は口がほころび、皮のお代わりを注文して満足そうであった。

今日の半日、彼と行動を共にし、私の持てる知識で市内観光を案内した。十分とは言えないが、何か改めて自分を再発見した気分になった。

もっと時間があれば、大山祇《おおやまずみ》神社や大島道の駅の海鮮バーベキュー、しまなみ海道のサイクリング、玉川美術館、四国霊場の寺院など当市にはまだまだ名所旧跡がたくさんある。次の機会を約束して彼をホテルに送り、『いまばり博士』の任務は一件落着した。

名物『穴子料理』

全国各地にそれぞれ名物、名産がある。先日姫路に出掛けた。姫路といえば国宝姫路城があまりにも有名である。しかし、その日の目的は観光ではなく趣味の会議に出席するためである。

会議開催の二時間前に姫路駅に着いた。ネットで検索すると姫路の名物は穴子料理である。それを昼食に食べようと駅前の市街地を眺めた。はるかに雄大な白亜の姫路城が見えるが、あまりにも雨足がひどく身動きが取れない。

しかたなく、観光案内所に助けを求め、雨に濡れずに行ける穴子料理の店を紹介して貰った。駅の構内からアーケード街を五分ほど進むと、地元で有名な穴子料理店があるとのことである。

説明を受けたとおり商店街を進むと目的の店に着いた。その店構えは想像したのと違ってあまりにも小さく、座席数も十五席ほどで手狭であった。店内を一瞥すると、そこかしこに大きなお品書きが貼られ、物見遊山の観光客が喜びそうな設《しつら》えであった。

穴子丼定食を注文した。店内は客同士が顔見知りのためか大きな声で会話が弾んでいた。コロナの時期なので少し会話は控えて貰いたい、と思いつつ料理のできあがりを待った。ほどなく穴子丼定食が運ばれてきた。

地元にとって有名な店だけに相当美味いのだろうと期待を込めて箸を付けた。しかし、残念ながら期待外れであった。味付けが私の好みに合わない。穴子の焼き不足で、独特の風味を感じない。

急いで食べ終えてそそくさと店を出た。それは店内の客同士のマスクなしの会話がいかにも気になり落ち着いて穴子丼を味わう雰囲気ではなかったからである。姫路の名物『穴子料理』の第一印象は、こんなものかとやや失望した。

その後、会議を終えて姫路駅に戻った。駅の構内は広く、土産店や商業施設が併設され、それらは整然として都会的であった。すでに雨は上がっていた。帰りの新幹線まで一時間ほど余裕があるので駅前を散策した。

するとと駅前すぐの所に、穴子めしの暖簾《のれん》のかかった間口二間ほどの小さな店が目に付いた。昼食に食べた穴子丼では満足できなかったので、再度挑戦しようと暖簾を潜った。ところが穴子弁当の持ち帰り専門の店であった。少し期待をそがれたが、帰りの新幹線の中で食べればいいと穴子弁当を一個注文した。

店内は狭く二人の店員が三人の客の注文を手際よくさばいていた。客の目の前で穴子を焼き、折り箱に盛った混ぜ飯に穴子の切り身を丁寧に並べ、漬物を載せて完成である。

帰りの新幹線は定刻に姫路駅を出た。新幹線に乗るのは何年振であろうか。まさに快適な走りである。自由席だが空席が適当にあり、車内はゆったりとした雰囲気であった。

一息つくと穴子弁当が気になった。さっそく弁当の包みを開いた。蓋の上にお手拭きと、山椒の入った小袋が添えてあった。

折り箱の蓋を取ると、混ぜ飯が見えないほどに切り身の焼き穴子が規則正しく並べられ、隅には漬物があしらってあった。

焼き穴子の照りと風味は食欲をそそった。全体に山椒を振りかけて口に含むと、思わず「うまい」と声が出た。

穴子の焼き具合、穴子の肉厚のふっくら感、タレの染み具合、甘辛い風味、それらの味を引き立てる山椒、いずれも申し分ない。大満足である。これぞ姫路の名物『穴子料理』だと舌鼓を打った。

あまりの美味しさに感極まった感じである。また添えられた奈良漬け、ショウガ、柴漬けの漬物もこれまた口当たりがよかった。

「名物に旨いものなし」なる諺があるが、今回の穴子弁当は、まさに「名物に旨いものあり」であった。土産に買って帰り、女房や兄弟に食べさせれば驚き喜ぶこと請け合いである。いつも月並みに饅頭やせんべいの土産では飽きられているのだから、この穴子弁当なら意表をつく逸品なのにと悔やんだが、後の祭りであった。

ちなみに後日、ネットで再度検索すると、穴子弁当を入手した姫路駅前の店は、相当の老舗のようであったが、先の穴子料理店は行列のできる店として紹介されていた。

Ⅲ

生きる意義

七月一日は、私の誕生日である。昭和二十年生まれなので満七十八歳になった。まさに後期高齢者そのものである。

振り返ってみると七十一歳で退職してからの歳月は一瞬にして過ぎ去った。今は加齢とともに体調の異変をきたし、高血圧症と夜間頻尿で通院し投薬治療を受けている。

私は、これだけではない。難病といわれる脊髄繊維症を抱えている。聞き馴れない病名だが血液の病気である。自覚症状は、体力に自信がなく何をするにも気力がない。食欲がない。少し動くと息切れをする。

五年前に発病した。たまたま、健康診断の精密検査を受けるため近くの内科医院を受診した。そのとき血液の数値に異常が出ているとのことで県立今治病院を紹介された。

そこで診察を受けた結果、脊髄繊維症の疑いがあると愛媛大学病院に回された。紹介状を持って大学病院を訪れた。さすが大きな病院である。担当者の指示に従って血液専門の診察室の前で待った。ほどなく、診察となったが五十代の優しそうな先生であった。問診と触診のあと、血液検査をし脊髄に注射した。これで一日目は終わった。

一週間後に再度訪れると、脊髄繊維症だと病名を告げられた。治療方法は、脊髄移植と放射線治療、輸血があるとのことである。当面は輸血と投薬で経過を見ましょうとのことであった。あわせて、脊髄繊維症について詳しく解説したパンフレットを渡された。

それから五年が経過して今日を迎えているが、何とか日々を切り抜けている。二週間ごとに輸血を受けるのは大変だが、これによって体調が保たれているのである。

ただ、発病してからの日常生活は大きく変わった。近郊の旅行は止めた。家庭菜園も止めた。庭木の剪定管理も業者依頼になった。好きな囲碁の対局も回数が極端に減った。日々の生活は、自宅にこもりがちで、テレビを観ること、新聞を隅々まで読むことが主となった。気が向けば車でドライブし、行きつけの喫茶店でコーヒーを飲むくらいである。これでいいのかと考えさせられる。しかし、これしかないのである。

旅行もしたい。友達と語りたい。焼き鳥や寿司を思いきり食べてみたい。公民館の行事にも参加したいがままならない。こんな消化不良の日々を送っていると、生きていることの意義を考えさせられる。最近も高校の同級生が二人亡くなった。ふだん健康に自信を持っていた友人だけに驚いた。

夜間床に入ったときは考えさせられる。今日一日無事にきり抜けたことに感謝しながら、明日を考えるのである。こんな日常でいいのかと……。

女房は、優しい。私には出来過ぎた家内である。無気力な私を静かに見守っている。ことに食事には、私の好みに合わせて毎回苦労しているようである。

我が国の平均寿命は、男性八一歳、女性八七歳である。これからみるとまだ数年は大丈夫であるが、欲を出して父親が亡くなった九十歳まではと、思わぬでもないが今の体力からして五年が山であろう。

毎日惰性の日々だが、高齢者はだれしもそうかもしれない。でもこんな難病にかかるとは夢にも思わなかった。医師からいただいたパンフレットによるとこの病気は発病すると三年以内に半数は亡くなると厳しいことが書いてある。これからすると私はすでに成仏していてもおかしくないのである。

輸血と投薬のおかげで、今なお生きながらえている。体調の悪いときは、もうこのくらいでいいかと投げやりになるときもある。しかし、何とか切り抜けている。それは何のためだろうと考えさせられるときもある。楽しみを取り上げられた惰性の日々に意義があるのであろうか。

このなかで唯一の息抜きは、気分の乗ったとき随筆を書き、二つの同人誌に作品を発表することである。この団体の会長と主宰は私より年長であるが、とにかく作品が若々しく勢いがあり納得させられる。私もせめてこうありたいと憧れる。

まさに病弱の後期高齢者である。何のために生きるのか真剣に考えてみると、家族や兄弟はもちろんだが、突き詰めると家内のためである。

先の平均寿命からして女性は、男性より六年長命である。これに女房との歳の差三年を加えると通算九年である。夫婦で平均的な終末を迎えたとして私の亡くなった後、女房は九年間寡婦として過ごさなければならないのである。女房もこれは長すぎる。お父さんが長生きしてこの期間を限りなく短くして欲しいと言う。

体力的には何も出来ないが、まさに話し相手である。とにかく夫婦は片方が欠けると寂しい。ことに女房は一人っ子だから尚更であろう。そのうち老々介護になるであろうが、茶飲み友達として惰性の日々を生きながらえたい。女房のためにも……。

霊峰石鎚山

　四国山脈には霊峰石鎚山をはじめ瓶ヶ森、伊予富士、寒風山、笹ヶ峰の山々が連なっている。ことに石鎚山は、西日本最高峰で天狗岳《てんぐだけ》、弥山《みせん》、南尖峰《なんせんぽう》の三峰の総体山で、天狗岳の標高は一番高く一九八二メートルである。

　山容は見る方向によって異なり、南からは鋭くそそり立ち、西側からは鋸歯のように岩峰が並び、東の瓶ヶ森の方向からはどっしりとしたかまえである。この勇壮で荘厳な光景を子供心に眺めて育ったもので、今では私の原風景である。

　そのため、実家を訪れたときなど、その眺めに見とれて立ちすくむのである。

　今治市と西条市の境界に短い周越トンネルがある。そこを抜けると瀬戸内海に面した道前平野が開けている。瀬戸内海の海岸沿いは工業地帯で、造船業や製紙業、化学、鉄鋼の工場群が見えかくれする。平地は穀倉地帯で田圃や畑が広がり、その周辺は住宅地で集落が点在し、その背後には四国山脈が横たわっている。

トンネルを過ぎるとなだらかな下り坂である。その中腹に一軒の喫茶店がある。以前から気にはなっていたが、今まで一度も入ったことがなかった。喫茶店の看板はあるが店舗が奥まったところにあり立ち寄りがたい雰囲気があったからである。

その日は暇で時間も充分あったので思い切って覗いて見ることにした。たしかに、一般の喫茶店とは違い、庭園は見事な庭石や庭木、東屋などが設置された一角に二階建の店舗はあった。

モダンな店舗のドアを開けると店内はこじんまりとしていた。四人掛けのテーブルが一脚と窓に向かって六人掛けのカウンター席だけである。

私は、カウンター席で珈琲を注文した。珈琲ができ上がるまで、店内を見渡して見ると、木材をふんだんに使った贅沢な設えである。あわせて前面の広い窓ガラスに驚いた。正面に四国山脈の主峰である霊峰石鎚山や瓶ケ森、寒風山などが手に取るように見えるのである。まさにこの喫茶店は四国の山々の眺望を堪能するために建てられたのである。山々の頂にはかすかに雪を冠り、その険しさを物語っていた。絶景そのもので言葉がなかった。

珈琲を飲みながら呆然と窓外を眺めていると、かつて霊峰石鎚山に登ったことを思い出した。女房と車で西条市の加茂川沿いの曲がりくねった山道を一時間半ほど進むと、石鎚ロープウェイ乗り場に着いた。それに乗ること五分で頂上駅で、そこから二十分ほど山道を歩くとスキーのリフト乗り場がある。それで十分ほど揺られると石鎚神社成就《じょうじゅ》社に到着した。石鎚神社の御神体は石鎚山そのものである。拝殿に登山の安全を祈願し登山道の山門を潜った。

登山道は二つのコースがあり、こちらは成就社コースで四つの鎖場がある。まず、なだらかな下り坂を進むと周辺は杉木立やブナ、紅葉の林となった。急な山道は足場が悪く滑りそうである。一時間半ほどで鎖場に着いた。

頂上近くの鎖場は二か所あっていずれも六五メートルほどの切り立った岩壁なので気が抜けない。ただ有り難いことに迂回路があり、そこを登ると石鎚神社頂上社を祭る弥山の頂上である。

山頂からは三六〇度の展望で、瀬戸内海、太平洋、遠くは九州の九重連山などを眺めることができた。

弥山から、二〇〇メートルほど岩場の峰を進むと天狗岳であるが、そこはさすが、危険を伴うので諦めた。三十年前のことである。

この山々の光景に見とれながら登山したことを思い出したが、今では、体力的にも登れる自信はない。こんな体験は若いときにしておかなければ、歳を取ってからではいくら望んでもどうにもならないことだとつくづく思った。

ほどなく若い女の店員が話しかけてきた。「私方の本業は植木屋で喫茶店は石鎚山に興味のある方が楽しんでもらえればいいと思って細々と営業している」という。

なるほど眺望からして石鎚山を堪能するために建てられた喫茶店である。また、「桜の花が咲く頃に来てください。窓越しの庭木がすべて桜です」と教えてくれた。

窓から見える木々は桜の老木である。これらの桜に囲まれた石鎚山は一見の価値があり、一服の絵画である。その光景は絶景そのものであることは確かである。

私はこの喫茶店が気に入った。桜の頃とはいわず、前を通りかかったときは必ず立ち寄るであろう。珈琲を片手に霊峰石鎚山を眺めると、まさに童心に帰れるから……。

大腸内視鏡検査

定期的に愛媛大学病院第一内科で受診しているが、担当医から脾臓の検査を指示されCTで検査を受けた。

その結果、脾臓はやや腫れているものの、以前より改善しているとのことであった。ただ、CT画像に大腸の癒着部分が見られるので内視鏡検査を受けるようにと勧められた。

大腸の検査と言われて慌てた。その検査の苦しみは、今まで数回受けているので知っているからである。私が少し動揺しているのを見て取った医師は、すかさずおっしゃった。

「大丈夫だと思います。もし手遅れになってはいけませんので、安心のために……」と、検査の予約を否応無くさせられた感じであった。

大腸検査で、苦労するのは食事制限と腹部の汚物の排泄である。腹部を完全に空にしなければ、肛門からカメラを挿入できないからである。

今まで健康診断で大便に鮮血反応があり大腸検査を何度か受けたが、それは内視鏡検査専門の開業医である。その医院では、検査の前日に自宅で下剤を飲んで、翌日の午前中に検査を終了するのである。

しかし、大学病院の検査は検査当日、早朝から病院内で下剤を飲み汚物を排泄し、午後から検査とのことである。この苦労は大変である。想像しただけでもぞっとする。開業医の方が検査は簡単にできることを知っているだけに、「開業医で受診します」と言えばよかったが、さすが大学病院だけにそれを口にすることはできなかった。

悶々とした一週間が始まった。下剤を飲む苦痛はもちろんだが悪性疾病の心配もした。よからぬ心配が頭をよぎりながら検査前日になった。午後九時以降は食事はとれず、お茶程度で我慢しなければならない。錠剤を二錠と小さな容器に入った液体の薬を飲んだ。翌朝はコップ一杯の水で錠剤二錠を飲んで病院に向かった。

受付をすませ光学医療診療部の待合室に入った。先客が六人いた。年齢層はいずれも六十過ぎで男性四人、女性は二人であった。だれひとり口を開かず心配顔で押し黙ったままである。

しばらく待つと看護師の説明があった。それによると下剤と水を交互に飲んで腹部の汚物をすべて排泄し、午後から内視鏡の検査をするとのことである。

ビニールの容器に入った無色透明の下剤とコップが配られた。三十分かけて二〇〇CCの下剤を二杯飲み、次に二〇〇CCの水を飲んだ。これを四回繰り返し、その後は便座に座ってうずくまった。そのうち大便の中の固形物が無くなり水分だけとなった。しかし、色はまだ黄色である。この黄色がだんだん薄れ、淡い緑色に変化し最後は透明になった。

これで苦しい下剤飲みは終了で一息ついた。飲み始めて二時間黙々と飲んだ。下剤には少し味は付けられているが飲めたものではない。後半では口に含むだけで吐き出しそうであった。時計を見ると十一時過ぎで、午後の検査まで一時間ほど余裕があった。

午後になり検査は始まったものの予約した順番なので、私は午後二時前に検査着に着替えるように促された。下半身はお尻に大きな穴の空いた黒いパンツが用意されていた。それらで身支度をして内視鏡室に入りベッドに横になった。

右手首に点滴の注射針が刺された。左腕には血圧計が巻かれ、胸部には線でつながれた白い物を張り付けられた。看護師に左向きになるように促され、体位を変えると目の前のモニターに血圧や脈拍の数値が映し出されていた。

ほどなく医師が、「それでは始めます」とおっしゃった。その言葉を聴くや私の意識は完全に飛んでしまった。何がどうなったのか。カメラをいつ挿入したのか一切記憶に無い。目が覚めたのは一時間後であった。看護師から検査の終了を告げられ、検査着を脱ぎ普段着に変えた。

朦朧《もうろう》としてしばらく待つと消化器内科の医師から説明があった。医師は開口一番、「異常はありません。ポリープも炎症もありません。きれいなものです」と、大腸内のピンクの画像を見せながら説明してくれた。ＣＴ画像には大腸が収縮したときの状態がたまたま写ったのであろうとのことであった。

やっと内視鏡検査は終わった。検査費用は何と千六百円で、あまりの安さに我が耳を疑ったが、この検査は費用のわりには厳しい。食べれない苦しさ、汚物を無理やり排泄する苦しさ、恥辱の苦しさ、まさに三重苦である。

大腸や胃の内視鏡検査となると食物を一切口にできない。私は口卑しいのかもしれないが、これらの検査になると、人は生きるために食べるのか、食べるために生きているのかと心底考えさせられることがある。

それにしても医学の進歩には感心させられる。検査中は昏睡状態で苦痛や不安は一切感じないが、検査が終わると自然に目覚めるのだから驚きである。

しかし、この内視鏡検査だけは今後二度と受けたくないが、医師は、「大腸の疾病は自覚症状がほとんどないので、ときには検査を受けるべきだ」とおっしゃった。

不安と悩みを払拭できたときだけに、医師のこの言葉は異様に納得させられた。

キュウリの栽培

家庭菜園にキュウリを植えるが期待するほどの収穫はない。それは土壌が悪いのか、あるいは肥料が足りないためなのか。いずれにしても栽培方法に何らかの問題があるのだと思われた。

例年この時期になると、菜園にキュウリ苗を植え付け、伸びる主幹の脇芽をすべて切り落とし、一本仕立てとして育てている。この一本仕立ての栽培方法でいいのか、キュウリ農家のAさんにその方法を教えて貰った。

それによるとキュウリは、基本的には各節ごとに実を付ける。そのためうまく管理すれば一本の苗で百本ほどのキュウリを収穫できるという。まさに驚きである。私が毎年収穫しているのは五、六本程度だからである。

Aさんの教えを忠実に実行すべく、ホームセンターで勢いのある接ぎ木のキュウリ苗を五本購入して菜園に植え付け主幹が伸びるのを待った。

一週間ほど経つと主幹が伸びたので垣を作った。垣の支柱に伸びた主幹を絡ませて固定し、根元に肥料をまいた。また一週間ほど待つと、主幹の節々から小さな脇芽が出てきた。根元から五節目までの脇芽は取り除けと教えられたので除去した。

その後もキュウリの主幹は伸び、五節目以降に脇芽が出てきた。この脇芽は取り除くことなくそのまま伸ばすのである。主幹の十節目まではこんな状態である。この十節目までは各節に順次キュウリが育った。それらを取り入れ脇芽の第一節から先は切り落とした。将来の孫芽を成長させるためである。

主幹の十節以上の脇芽は取り除くことなく自由に伸ばした。ここまでになるとキュウリのツルは縦横無尽に垣に絡まり密集してくるので、古い葉っぱを取り除き風通しを良くした。

主幹は放置するといくらでも伸びるので、背の高さほどのところで切り落とした。その結果、しばらくするとそれぞれの節々にキュウリが鈴なりで次々と収穫できた。一株で五十本は取れたであろう。毎日の収穫が楽しみであったが、自宅ではそれほど消費できるものではない。ご近所や友人知人に御裾分けに忙しかった。

あらためて専門家の栽培方法の見事さに感心しながら毎日菜園を眺めた。

家庭菜園で栽培するのは、キュウリ、ナス、トマトが定番であるが、それぞれには栽培方法の秘訣があるのだと思い知らされた。

ことに、家庭菜園では連作障害にも気を付けなければならない。連作障害は菜園の同じ場所に昨年と同じ野菜を植え付けることによって生じる。しかし、菜園はそれほど広い面積があるわけではないので、だれしもこの連作障害に苦労するのである。

その対策として畑を深く掘り起こし上下の土壌を交換し有機肥料を十分与える。次に、野菜の苗は実生ではなく、接ぎ木の苗を購入することである。接ぎ木苗は高価であるが、狭い菜園での連作障害対策にはこれしかないであろう。

わが家の菜園には、いろいろな野菜が植えてある。キュウリはもちろん、ナス、オクラ、サツマイモ、人参、トマトなど無計画に植え付けてある。菜園は自宅のそばなので、一日に何度も覗きその成育ぐあいを楽しんでいる。

ことに、現今はコロナ禍で外出も侭ならなず、他人様にお会いするのも遠慮しがちなので、菜園で一人でのんびり過ごすのが好都合である。

たしかにコロナ禍で生活のリズムは大きく狂った。毎週土曜日の煎茶教室は欠席中である。また、あれほど熱中した碁敵との対局も一年余って中断したままである。こんな状況がいつまで続くのか。この菜園での息抜きがなければ気が変になりそうである。

救世主はワクチンの接種しか方法がないようだが、基礎疾患のある初老の身にとっては一日も早い接種を望んでやまないのである。

世の中を賛否で二分したオリンピックも開催となったが盛り上がりに欠ける。一方、若者は夜間に新宿や渋谷の路上で車座になって酒を酌み交わしている光景などがテレビに映る。また、オリンピック開催寸前になって、その音楽や演出担当の責任者が辞退や解任に追い込まれた。今になってまったくもって摩訶不思議な話と言うしかない。

だれしも、コロナ禍でストレスが溜まり平常心を失っているのであろう。そのはけ口をいずれかに求めているのである。わたしの唯一のストレス解消法は菜園に立つことである。それにしても今年のキュウリは大豊作であった。

夜間頻尿

加齢とともに体調に異変をきたす。血圧や血糖値の異常をはじめ、歯に狂いがでてくる。若いころに治療した虫歯の詰め物が外れ、金冠が次々に取れる。そのため歯科医院に毎月のように通っている状況である。ただ歯は数日通院して治療すれば元どおりになるのでそれほど苦にはならないが、そう簡単にすまされないものがある。

その最たるものが夜間頻尿である。昼間に八回以上尿意をもよおすと頻尿だと言われている。昼間の尿意ならば多少回数が多くても何とか対応できるが、夜間のそれには閉口である。

もちろん泌尿器科医院で受診し投薬の処方も受けているが思うほどの効果はない。担当医も、この症状は加齢によるもので一定は止む終えないと言わぬばかりで、それほど熱心に治療しているようには見受けられない。

症状を改善できる薬はないものかとお願いするも、医師は、「もう少し強い薬はありますが、それを処方しますと痴呆が進みますから」とそっけなくおっしゃる。

私は、いつも十時過ぎに寝床に入るが、二時間ほどたつと尿意で目を覚ます。次は三時過ぎである。もう少し眠りたいとばかりに限界まで我慢してトイレに駆け込む状態である。毎夜この繰り返しである。

何とか熟睡したい。ことに朝方はゆっくり目覚めたいのだが、尿意で強制的に起こされる感じである。こんなことがいつまで続くのかと思うとうんざりである。

同世代の仲間に聞くと、だれしも似たり寄ったりの症状で夜間に目を覚ますとのことである。これからすると高齢者の多くは大なり小なり同じような悩みを抱えているものと思われる。

今まで、泌尿器科の受診も何年も続けてきたし、いろいろなサプリメントも試してみたが効果はない。テレビのコマーシャルでは効果てきめんとばかりに次々とサプリメントの宣伝をしているが、この夜間頻尿だけはそんな生易しい処方ではなかなか改善しない。

ただ言えることは、若いころと違って毎回の尿は少量になった。これからみると膀胱に尿を溜める力がなくなっているのか、または少量の尿が溜まると敏感に反応して排尿を促す体質になっているのであろうと思われる。

これほど症状がはっきりしている病気を改善する薬が、なぜ開発されないのであろうか不思議でならない。各製薬会社は、もう少し頑張ってもらいたいものである。

同じような症状で悩んでいる方は全国に相当いるであろう。テレビや新聞の頻尿改善薬の宣伝広告の多さをみてもよくわかる。それらの薬はいずれも症状を改善し快適な生活ができるようになるというが期待はできない。

しかし、そうはいってもこのまま放置して憂鬱な日々を送っていたのではたまったものではない。なんとかしなければと、再度漢方のサプリメントにすがることにした。用法では錠剤三粒を一日に三度、三か月間継続して服用すると症状は改善できるとなっている。泌尿器科の投薬でも効果がないのだから、漢方薬に即効性があるとは思わないが、祈る気持ちで望みを掛けることにした。まだ飲み始めて十日ほどなので今のところ改善の兆候はみられないが、三か月の長期戦なのでまだまだ先のことである。

女房は、「尿意を感じるからいいのではないの、もしそれがなくなると夜尿症になりオムツが必要になる」と言う。

なるほどそのとおりである。まだ、そこまでにはなっていないので良しとすべきかもしれない。そんなことを考えさせられる日々である。

たしかに一か月分の薬代八千円は高価であるが、症状が改善できるのならば安いものである。ぜひ、この漢方薬は効果があったと自信を持って同僚に伝えたいものである。

下水の点検

「下水の点検をしていますが……」と、作業服姿の青年が自宅の玄関に現れた。一瞬、いかがわしい業者ではないのかと思ったが、このところ下水の掃除をしていないので了解した。

青年は、手初めに台所の流しの排水マスを開けた。それを見た瞬間に後ずさりした。排水マスにはヘドロがたまり、ゴキブリの住処となっていた。

つぎの排水マスを開けた。庭木の根が排水管に侵入しているのが見えた。これらの状況を目の当たりにして心底反省した。わが家を建てて四十年、今まで下水を本格的に掃除したことはなかったが、何とか水が流れているのでその必要性を感じていなかったからである。しかし、この現実を放置することは出来なかった。

青年は、「これで当面は何とかなるでしょうが、そのうち流水が排水マスから溢れるようになるでしょう」といった。

まさに納得である。その場で下水の清掃を依頼した。作業代金は本来二万二千円だが、二万円に値引きしますとのことであった。


作業当日、二人の男性が訪れた。一人は先の青年でもう一人は中年の男性であった。

青年は家の外回りの下水の清掃作業を担当し、もう一人は台所、洗面所、風呂場の水回りの配管を高圧洗浄機で清掃した。

わが家の排水マスは八箇所ある。青年が、それらからヘドロをかき出すと大きなバケツ三杯になった。また配管に侵入していた三メートルほどの木の根を三本取り出した。その後も作業は続き、配管を高圧洗浄機で洗い排水マスの痛んだ部分をセメントで補修した。

次に中年の男性は、水回りを高圧で洗浄したので配管の水漏れがないか、床下を点検しておきますと台所の床下に潜った。

この二人の作業態度は汗を流しながら、まさに一生懸命で代金二万円では申し訳ないと思うくらいであった。

しばらくして、中年の男性が床下から上がり、床下の写真を見せながら状態の説明となった。排水管の水漏れはないが、基礎のセメントにヒビが入っている。また床下の土壌に湿気が溜まっている。この湿気を取り除かなければ床板が緩み、歩くとゆらゆらしますとのことであった。

たしかに台所の床はフローリングで、居間はカーペットを貼った床であるが、このところ床板の数か所がゆらゆらしている。基礎のセメントのヒビについても、シロアリ駆除業者から指摘され、補修費用五十万円といわれたので丁重にお断りした経緯があった。また、湿気についても注意をされていた。

中年男性の言うことに一理あると感心しながら聞いていると、業者もさすがである。そこを見透かしたかのように、セメントの基礎は五万円で直します。床下の湿気は竹炭を敷けば取れます。床板の緩みはサービスで補強します、と思わぬ方向に話は進んだ。工事費用はすべてで四十五万円だという。

願ってもない話であるが、四十五万円はあまりにも高すぎるので思い切って三十万円にならないかと値切り交渉をした。業者は頭を抱え電卓を何度も操作した。その結果、中を取って三十七万円にしますという。

それにしても急な話で高い値段である。もしやサギの業者かもしれない。竹炭にそれほど除湿効果があるのか。床板の緩みが本当に直るのかなどと不安がよぎった。

しかし、いずれにしても床板は何とかしたいが全面張り替えとなれば、本格的な工事となり費用も相当になるだろうと心が揺れた。あわせて二人の真面目な作業振りに感心していた矢先であったので、騙されてもいいやと三十七万円で了解し、次の日曜日に工事をすることになった。

次の日曜日、先の二人の男性が訪れた。早速床下に潜り、基礎のセメントのヒビ割れ補強から始めたが、先日と同様、礼儀正しく一生懸命に作業する二人の姿があった。

床板の弱っている部分に木材を詰めて固定するとゆらゆらはなくなった。あとは竹炭袋を台所と居間の床下に敷き詰める作業であるが、一袋二千五百円の竹炭を百四十袋床下に運び込んだ。床下のことなのでどんな作業をしているのか一切分からないが、床下全面に敷き詰めているのだと思われた。

ほどなく床下の作業は終了し、床下の状況写真を見せながら作業内容の説明を始めた。竹炭袋は台所と居間の床下全面に整然と敷き詰められていた。基礎のセメントは補強し、床板の緩みの部分には木材を詰めたので、当分は大丈夫とのことであった。

　それにしても工事費三十七万円は相当高価だが、床板のゆらゆらがなくなり大満足である。

　今回の一連の経過を思い出してみると、下水の点検から始まり床下の湿気対策の竹炭袋にたどり着いた。なんと見事な流れであろう。それにはこちらにも弱点があった。床板が緩んでいる現実とシロアリ業者の指摘を断ったことがあったからである。しかし、何よりも心を動かされた最大の要因は、二人の真面目な作業態度であった。たとえ、この業者がサギであったとしても一切文句をいうつもりはない。

　さて、シロアリ業者は次の点検時にどんな反応を示すか楽しみである。

認知機能検査

自動車教習所から認知機能検査の案内はがきが届いた。それによると、高齢者の運転免許更新は、この認知機能検査を受けなければならないとのことである。その場で教習所に電話をかけると、検査日は二か月先の三月三十日と決まった。

検査日が近づくと不安な気持ちになった。検査といわれるだけでぞっとする。職を辞して何年も経ち、自由気ままな惰性の日々を送っているからである。

この検査を受けた先輩は、簡単なものだとその内容を説明してくれたが、どうも記憶力の検査のようである。しかし、記憶力といわれても、このところ頭を働かせて悩むようなこともなく、脳みそは休んだままである。その傾向はスマホが拍車をかけている。何でもスマホで即座に解決できるため、記憶に留め置く必要がなくなったからである。そのためボケはますます進行しているとつくづく実感させられるのである。

これではと、書店で認知機能検査の対策教本を購入した。それによると検査の第一問は、検査当日の日時の表記で、第二問は、十六枚の図柄を記憶することである。第三問は、白紙に時計の絵を書き、指示された時刻を長短の針で記入すればいい。

これが検査の内容で、ことさら難しくはないと思われるが、第二問がなかなか厄介である。いろいろな十六枚の図柄を四分間眺め、関連のない数列の作業をした後、先の図柄を思い出し、その名称を回答用紙に書き出すのである。

練習問題を試してみたが記憶力がなくなっているのに驚く。こんなはずではないと思案するが不思議なくらい図柄を思い出せない。とにかく頭が回転しない。だが、この検査を通過しなければ免許の更新ができないのである。今さら運転免許を取り上げられたのでは日々の生活が狂ってしまう。何としてもこの検査に合格したいと思えば思うほど、プレッシャーがかかる。

検査当日になった。朝の目覚めが悪い。簡単な検査だと思う反面、不安で自信がなく弱気になった。

教習所に向かう途中、動揺を静めるためコンビニでリポビタンDを飲んだ。教習所のフロアーには高齢者が落ち着かない顔をしてたむろしていた。

定刻になると受検者が教室に呼び込まれた。総勢九人であった。教官が説明を始めた。机の上には数枚の書類が配布されていた。

まず、教官より今日の年月日、曜日、現在の時間を用紙に記入するように指示された。次に、四枚の図柄を書いた大きなパネル四枚を見せてくれた。続いて数字が無造作に記入された用紙を示され、その中から指示された数字を斜線で消すように言われた。

次が記憶力である。先に示されたパネルの十六枚の図柄の名称を記入するのである。なかなか思い出せない。やっと九枚思い出したが、それ以上は無理であった。

最後に白紙の用紙に時計を描いて検査は終了した。自己採点すると七十点ぐらいで、合格ラインはクリアーできたようで一安心である。それにしても緊張した。

検査内容は、意表を付かれる問題なので事前に予備知識が必要であると思われた。受検者の中には相当慌てている者もいた。

後は、教習所で実技の検査を受け、警察署で視力検査をして免許の更新となる運びとなった。視力の衰えは気になるが、これは眼鏡で調整できる。

巷では高齢者の免許の返納を奨励しているが、田舎の生活では運転免許がなければどうにもならない。ましてや、日ごろ車を運転している者が、免許証を手放すとますます認知機能が低下するであろう。

ときに高齢者の交通事故が話題になるが、確かに車を運転していてハッとなりハンドルを握る手に力が入ることが多くなった。それは運動神経の衰えによると思われるが、対向車や後続車の運転マナーにも問題がある。法定速度で走っていても、スピードアップを促し、車間距離を異常に詰めてくる。また、携帯電話を手にした運転、脇道からの急な飛び出しなど限がない。


運転免許を手にして五十年になる。この間無事故で、違反は一時停止違反とスピード違反の二度である。

私は車の運転にあたって、ささやかな取り決めをしている。それは発車のエンジンを掛けたとき、車の前面のデジタル時計が四分を表示しているときは待機し、五分になって発車するのである。十四分、二十四分等も同じである。この一分間の待機が、交通事故を回避してくれるのだと願かけをして発車するのである。

認知機能検査を受け、晴れて免許の更新となるが、今後も、とにかく無理をせず慌てずスピードは控えめの安全運転に努めたい。

隣家の庭木

わが家の隣に宅地二百坪、建坪六十坪ほどの平屋の邸宅がある。当然それに見合った庭園を設え、その中心に樹高八メートルほどの槙の木が植えられている。その槙の木の枝は左右に伸び玉散らしに剪定され、頂は大きな傘状になり、まさに天に遊ぶ龍が住んでいるようで、私は毎日その槙の木に見とれているのである。

ところが異常事態が起こった。ある日のこと作業服姿の二人の剪定業者が現れ、槙の木を根元から切り始めたのである。そんな馬鹿な、待ってくれと叫びたかったが、他人様の庭園なので口出しはできなかった。

少し経過を振り返ると、わが家を建てて四十年ほどになる。その当時、小川を挟んだ隣地は田圃で農家の方が米麦を耕作していた。その後、田圃は埋め立てられ宅地となり、二十年ほど前にそこに家が建てられた。施主は私よりやや年長の方であったが、穏やかな性格なので何となく近所付き合いが始まった。

ご主人とは時折立ち話をしたが、若いころから金物販売業を営み、立派な家に住みたいと頑張ってきたようで、その夢がやっと実現できたと喜んでいた。また、庭園も自慢の種であった。広い庭園には枝振りのいい庭木や大きな庭石、雪見灯籠まで配置してあった。その庭木の一本が、先の槙の木で、樹齢は百年を余っているであろうと思われた。それは家が完成するとほどなく、千葉県の造園業者が運んできたのである。

幹の直径は五十センチを超した巨木なので運ばれて来たときは驚いたが、庭に配置すると収まりが付いた。ご主人はその巨木に朝な夕なに水をやり、春と秋には剪定を絶やさなかった。そのため槙の木は見事な樹型を保ち一見の価値があった。


ところが世の中ままならないもので、そのご主人が交通事故で急逝したのである。私も弔問に伺ったが、奥さんは散歩中の事故であったと無念の心中を語られた。

その事故から一年が経過した。私は、わが家のささやかな裏庭でコーヒーを飲むのが日課であるが、そのとき否応無しに隣家の槙の木が目に入る。あれほどご主人が大切に管理していた槙の木も新芽が伸び放題である。ご主人が元気ならば、こんなことは絶対にありえないことである。

これほど樹型が整い、樹高のある槙の木を私は他に知らない。隣家の庭木であるが、毎日眺められる楽しみがあった。ただ、このまま何年も剪定をせずに放置すれば樹型は崩れてしまうであろうと、よからぬ心配までして、何とか手を加えて貰いたいと願っていた。


それにしても、今回の槙の木の切り倒しはあまりにも突然のことで、奥さんにその訳を聞く気にはならない。

隣家は、ご子息もいるが同居はしておらず奥さん一人で住んでいる。たしかに奥さん一人では余りにも広い邸宅となったことは確かである。そこで奥さんは身辺の整理を思い立ったのかもしれない。

そのとき、まず目に付いたのがこの槙の木で、毎年剪定をする煩わしさに悩み、また強風で倒れる心配などをしたのかもしれない。ご主人を亡くし奥さんも気弱になったのであろう。しかし、相談を受けた剪定業者も移植などの妙案を思いつかなかったのであろうか。

とにかく残念でならない。

人それぞれに価値観が違う。ご主人は自慢した槙の木も、奥さんにとっては価値のないものと判断したのであろう。

わが家にも数本の植木がある。背の高い木は五葉の松と紅葉である。これらの剪定は、踏み台とハシゴを使って何とか対応できているが、私も加齢とともにだんだん億劫になってきた。

これらの木も、私に万一のことがあれば、おそらくこの槙の木のように切り倒されるであろう。女房も息子も庭木に一切興味を示さないようだから……。

私たちが一戸建を構えた頃は、庭木を植えるのが常識で、小さい庭付きのマイホームが持てたと満足したものである。ところが、今では一戸建を持っても庭木はほとんど植えられず、小さな庭も駐車場で占拠されてしまう時代になってしまった。

樹木にも生命が宿っているはずである。槙の木も、一刀両断に切り捨てられるとは思いもよらなかったであろう。

私は、槙の木の運命を思うと無性に寂しい。また、わが家の裏庭の借景として最高であったのに、それがなくなり眺めがすっかり変わってしまった無念さもある。

今は槙の木の精霊に手を合わせるしかないが、まさに、現実の厳しさをいやというほど教えられた。

遍路道

四国には弘法大師空海ゆかりの仏教寺院が数多くある。その中でも八十八か所の霊場を結んでいるのが、遍路道である。

自宅の側の県道もそれである。遍路道の全行程は一，四〇〇キロで、最近は自動車を利用しての霊場巡りが主流になったが、歩き遍路の方は四十五日ほどかけて歩き通すのである。そんな歩き遍路さんに出会うと頭が下がり、無事な結願を願って止まない。なかには外国の方も目に付くようになった。歩き遍路の方は車を一切使わず自分の足で一歩一歩進むのだから体力的にも大変である。

先日のこと、六十番霊場横峰寺の山間の遍路道の登り口まで車を飛ばした。三十年前に登ったことがある遍路道なので、今どんなになっているのかと気になったからである。この横峰寺への遍路道は厳しく四国霊場のなかでも難所の一つと言われている。

遍路道の登り口は西条市小松町湯浪で、国道一一号線の大頭交差点から妙谷川沿いの山道を八キロほど進んだ奥まった所にある。

山道は、道幅は狭いが舗装されているので車で進むことができる。途中大きな荷物を背負ったお遍路さんを三名追い越したが、この方々はまもなく山間の遍路道に挑戦するのである。

車はほどなく登り口に着いた。駐車場には乗用車が五台停まっていたが、その中に神戸と埼玉ナンバーの車もあった。これらの方はここまで車で来て、ここから遍路道を徒歩で霊場に向かったものと思われる。

霊場への登り口には矢印の付いた大きな案内板がある。そこから長い石段を登ると、険しい三・五キロの遍路道にさしかかる。

洗面所で用を足し、休憩所の東屋で一休みしていると、遍路道の登り口にある水飲み場に、初老の男性が単車でやって来た。そしてペットボトルに何本も水を入れはじめた。

男性と立ち話をすると、「週に二回はここに来るが、この水でコーヒーやお茶を入れると水道水と違って格別に美味しい」と言う。次に、「この遍路道を利用している方は多いですか」と私が聞くと、利用者は結構いるようであった。また、男性は、「一年前にここを登ったが想像以上に険しかった。歩き遍路の方は、この遍路道を登らなければ霊場に辿り着けないのだから大変だ」とも言った。

今では、別の林道を通る自動車道が完成しているので、多くのお遍路さんはそちらを利用しているものと思っていたが、まだまだ古来の遍路道を利用している方が結構いるようなので、その苦労がしのばれる。

しばらくすると、神戸のお遍路さんが帰って来た。汗を拭きながら開口一番、「厳しかった」と一息ついた。続けて、「前半は川沿いのなだらかな道であったが、後半は転げ落ちるような岩場であった。ただ、道の周辺は雑草も刈り込まれ木の枝なども取り除かれ整備されていた」と、遍路道が管理されていることに驚かれているようであった。

たしかに、遍路道の維持管理は相当の労力がいる。そのほとんどはボランティアであるが、この霊場の遍路道も何とか管理出来ているようで嬉しくなった。とにかく険しい遍路道だから安全のためにも……。

車を使って霊場巡りをするお遍路さんは、こちらの駐車場に車を停めて再度ここに帰って来るが、歩き専門のお遍路さんは、別の道を使って次の霊場香園寺の奥の院に向かって進む。この遍路道も厳しいが、急な山道を七キロほど下ると、木立の中に奥の院が見え隠れし安堵するのである。

三十年振に訪れた横峰寺の遍路道だが、ここを利用する方が結構いるようである。私が、この遍路道を登った頃は、今のように霊場巡りは盛んでなかった。そのため遍路道は荒れ放題で、覆いかぶさった草木を分け入って喘ぎ喘ぎ山門に辿り着いた記憶がある。それが今では整備できているとのことで有り難い限りである。もちろんその頃には、ここの休憩所もお手洗いもなかった。

歩き遍路さんにとって、この山間の遍路道を抜きにしては前に進められないのである。何としてもお遍路さんが無事に参拝出来る道であって欲しい。

讃岐うどん

近所の年長のAさんと立ち話をする機会があった。

「歳を取ったのだから旨い物を食べんと損だね」と言う。私はそうだと同調し、「何か旨い物はありますか」と聞いた。

すると、「玉川の讃岐うどんを食べてみなさい。それは旨いぞね」と言う。

なるほど玉川の讃岐うどんは最近開店した店である。「ぜひ行ってみます」と、答えて話は終わった。

Aさんにとって旨い物が讃岐うどんとは驚いた。Aさんは相当の資産家なので、普段から贅沢な食事で口は肥えていると思われるが、その旨いものの代表が讃岐うどんと言われたのは意外であった。おそらく、寿司かうなぎ、ソバか天ぷらであろうと想像していただけに拍子抜けした。

しかし、よくよく考えてみると歳を重ねると、美食よりはあっさりしたものを身体が求めているのかもしれないと思い直した。

私の住んでいる今治市には、中華料理店は何軒もあり以前からラーメンには馴染みがあったが、同じめん類でもうどんの専門店はほとんどなかった。ところが、最近讃岐うどんの専門店が数店進出し、いずれの店も多くの客で賑わっている。市民はそれほど讃岐うどんに飢えていたのかと思うくらいである。お隣の香川県は『うどん県』を標榜《ひょうぼう》するほど讃岐うどんが有名である。私は以前から車を走らせてこの讃岐うどんを食べに行っていたので今更という感じであるが、近場でその味を堪能できるようになり、ありがたい限りである。

Aさんの言うように讃岐うどんは旨い。その旨さの秘密は麺の喉越しもさることながら、その素朴な味が虜にさせるのであろう。ことに、かき揚げの天ぷらなどを添えると格別である。

さて、そう言う私であるが、いったい何が旨い物だと思っているのであろうか。最近外食した主なものを振り返りながら考えてみることにした。

大潮荘のエビフライ、カナデアンのハンバーグ、壬生川のうどん、河原津のトンカツ、生守のラーメン、吉野家の牛丼、一創庵のソバ、国際ホテルの和食、三谷のうなぎ、大阪王将の中華丼、歌舞伎寿司の握り、浅海のカレー、八勝亭の石焼きビビンバ、豚太郎の焼き飯などである。

これらは、私が日ごろ旨い料理だと一定の評価をし、各店の暖簾をくぐっているのだから、この中にこれは旨いと思う料理が含まれているはずである。

たしかに、いずれも私好みの味であるが、これは旨いと太鼓判を押せるのは、何としても歌舞伎寿司の穴子の握りと三谷のうなぎのひつまぶしである。この二品はまさに絶品で、他人様に推奨しても恥をかくことはないであろう。

Aさんの言われるように、「歳を取ったのだから旨い物を食べんと損だね」は、まさにその通りである。

今では食も細くなり、若いころのように腹一杯という状況ではなくなり、美味しいものが少しあれば充分である。

しかし、毎回の食事が楽しく進めばいいのだが、ついつい食事が億劫なときもある。体調にもよるが加齢とともに体を動かす機会が少なくなり、運動不足がそうさせるのであろう。その有効な解決手段は散歩であるが、車での移動を優先し、ほとんど足腰を動かそうとはしない。

また以前は、家庭菜園で結構体を動かしたが、今では見向きもしなくなった。菜園を管理すれば体を動かし、食事も進み、おのずと自然な排便もあり、体調は良くなるのは分かっているが、なかなかその気にならない。

『運動』『食事』『排便』この一連の流れは、快適な日々を送る最低条件である。

一日に三食、食欲があることに感謝しながら、讃岐うどんはもちろん、時には、穴子の握りかうなぎのひつまぶしを食べれば満足である。とにかく、快食、快便を心掛けたい。

Ⅳ

『ぼっちカフェ』

『ヒロシのぼっちキャンプ』は、BS‐TBSで放送されるソロキャンプの番組である。時折、観るのだがなかなか面白い。ヒロシは近くのスーパーで食材を買い求め、キャンプ場でテントを張り、火を起こし料理をしながら、思い出や感想を語る内容で静かに時間が過ぎていく。ただ、夜間にテントで一泊するようなので、それには勇気がいるが、昼間の自由気ままな時間経過は楽しいであろう、とやや憧れる。

そんなときであった。ダム湖のほとりの桜を見に行った。桜はまだ満開ではなかった。その三分咲きの桜の元で、一人の初老の男性がコーヒーを飲んでいた。それも缶コーヒーではなく白いカップに入った本格的なコーヒーであった。

やや不思議に思いつつ男性に近付いてみると、周辺にはガスボンベや鍋、水や食器も準備されていた。つい、「いい香りですね」と声を掛けると、男性は、ニコッと笑って「一杯入れます」と、手際良くコーヒーを御馳走してくれた。

男性は言った。「私はコーヒーが好きで喫茶店によく行くが、こうして『ぼっちカフェ』で飲むのも満更ではない。あなたも挑戦してみては……」

成る程と即座に納得し、単純だがその足でホームセンターのキャンプ用品売り場を覗き、携帯用のガスボンベと鍋、食器、クーラーボックスなどを購入した。

これは三年前のことである。その後は時間があれば、いたる所で『ぼっちカフェ』を楽しんでいる。自動車のトランクに道具や飲料水を常時積んでいるので、気が向いた所で開店できるのである。海岸や川の土手、湖のほとりなどいたる所である。

ポツンと一人でコーヒーを楽しむのは一見寂しそうに見えるが、存外そうでもない。周辺の景色に見とれながら、だれに気兼ねすることもなくコーヒーの香りに酔うと、何とも言えぬ優雅な気持ちになる。まさに自然に抱かれた自由時間の楽しみそのものである。

先日のこと、同級生と寿司屋で昼食をとった。数年振に会ったので話は弾み、食後のコーヒーを飲むことになった。いずれの喫茶店にするかであるが、「桜井海岸にしよう」と私は言った。コーヒー道具一式を車に積んでいるからである。彼は、「海岸に喫茶店などあるの……」と、奇妙な顔付きであった。

この桜井海岸は私が何度も、『ぼっちカフェ』をする場所なので要領は慣れている。小さな東屋とテーブルもある。早速、ガスボンベで湯を沸かし、それをドリップコーヒーのパックに注ぐと、辺り一面に芳醇な香りが漂った。瀬戸内の島々や船の往来を眺めながら、潮風にあたり解放感に浸った。次に、同じように日本茶のパックに湯を注ぎ、煎茶を一服飲んだ。

彼は、私の企画に驚き、また満足しているようで、「こんな簡単な道具でコーヒーが楽しめるのなら、自分もやってみよう」と、ことのほか興味を示した。

道具類は、コーヒーケトルやドリッパーの備わった本格的な携帯用のセットもあるが、そこまでは必要ない。最低必要な器具は、携帯用のガスボンベ、小さな湯沸かし鍋、コーヒーカップ、ドリップコーヒーと煎茶のパック、飲料水、タオル、これだけあれば十分である。ただ、飲料水だけは、鮮度が求められるので毎回補充しなければならない。

彼もすっかり乗り気になったようなので、ホームセンターを紹介したが、『ぼっちカフェ』は、一度体験するとその魅力に引き込まれ病み付きになること間違いない。

その数日後、久しぶりに国道一一号線桜三里の脇の広場で、『ぼっちカフェ』となった。桜は満開であった。国道を車が急がしそうに行き交っている。その車の動きを眺めていると思い出した。この場所で、『ぼっちカフェ』をしたのは二年前である。そのとき近くの田圃にいた農家の方と、桜を眺めながらコーヒーと煎茶を嗜んだことがあった。今日はあの方にお目にかからないがお元気であろうか。「歳を取ると農作業も大変だ。いつまで働けばいいのか」と言っていたが……。

たしかに農家の方は定年がなく生涯働き続けなければならない。その点、サラリーマンは定年で職を失い、その後は、することがなく自由放免となる。どちらが幸せなのか、咲き誇る桜を眺めながら考えさせられた。

私は、することがなくなった今の状態をこんなものだと諦めている。むしろ五十年働き続けた余得だと受け止めながら、今後も『ぼっちカフェ』を楽しみたい。

コンビニ

自宅周辺にコンビニが三店舗ある。タバコの購入やコピー機の利用などで、毎日のように訪れる。そのためオーナーとも顔なじみである。

コンビニが近くにあると便利で、夜間も自由に覗けるので有り難い。週刊誌をはじめ新聞、おにぎり、弁当、文具、お菓子、飲み物と必要なものが何でも揃い、郵便や銀行の機能も備わっている。

ことに焙煎コーヒーは一杯百十円の格安で味も香りもそれなりなので再三購入する。そのため喫茶店に立ち寄る機会は少なくなった。とにかくコンビニは便利である。

この便利さを利用しているのは私だけではない。外回りのサラリーマンも結構利用している。昼食時間前後は駐車場に車が溢れ、運転席で食事を取っているサラリーマンを見かけることが多くなった。かつてはサラリーマンの昼食は喫茶店か食堂であったがすっかり様変わりしてしまった。

　また、四国霊場巡りの沿線にあるコンビニはお遍路さんの休憩場所となっている。簡単な昼食を取り、トイレを借用し一休みしているお遍路さんに出くわすことがある。私は歩き遍路の方には出来る限り声を掛けて励ますようにしているが、どなたも一人で遠路を黙々と歩き通しているので、人恋しいのかこの時とばかりに道中のいろいろの苦しみや楽しみを語ってくれる。


　私は今治市南部の人口九千人ほどの地区に住んでいる。ここに最盛期にはコンビニが五店舗あったが今では三店舗になった。まさにコンビニ経営の難しさを物語っている。

　たしかに、コンビニ業界同士の競争も激しいようである。繁盛しているコンビニの近くに新たなコンビニが開店し、数年経つといずれかの店が閉店となる。巷にもこれは明らかにコンビニであったと思われる空き店舗を目にすることがある。まさに競争に負けた店舗の残骸である。

　横目に見ると客足も付き結構繁盛している店のようだが、店舗にとっては採算が合わないのであろう。商売であるから儲けが第一で慈善事業ではないのである。

店舗運営の経費でことのほか人件費はかさむであろう。店舗を終日開けているのだから尚更である。もちろんアルバイトが基本だが、終日バイトを雇用すれば交替制であっても一人役で二万五千円は必要で、それを常時三人雇用すれば七万五千円、一カ月雇用となれば二百万円以上になる。この人件費だけでも相当な経費で、それを売上の収益から賄うのだから大変なことである。それ以外に昼夜開店だから光熱費も馬鹿にならない。

コンビニのオーナーが、「一日のお客が六百人は欲しい」と漏らしたことがあるが、まさにその通りかもしれない。

コンビニは顧客にとって便利であるが、その進出によって地域の小売店に大きな影響を与えている。タバコ屋、酒屋、文具店、小さなスーパーなどは次々と廃業に追い込まれている。

こんなことでいいのであろうか。しかし、大手企業の進出によって中小零細企業は淘汰されるのは経済社会の自然の流れになってしまった。

今までタバコ屋にしても酒屋にしても、それを生業としてささやかな生活をしてきたはずである。その生活手段を大手の特定企業に否応無く侵略され何ら抵抗する術がなく無念でならないであろう。

現実は、便利さを求める顧客と世の中の規制緩和政策で弱肉強食の社会を助長しているのである。本当にこれでいいのか……。

至福の日

退屈は裏を返せば至福の日　桑原広明

読売新聞愛媛版に『伊予文芸』として読者投稿の川柳欄がある。掲句はその年間優秀賞六句のうちの一つである。選者は、目の付けどころが良くプラス思考の作品と論評している。

川柳は人間を詠み、俳句は自然を詠むといわれているが、自然を詠む俳句は難しい。ことに難解な語句を羅列し、ああだこうだと小理屈を並べて鑑賞しなければならない俳句は御免なさいである。それからすると川柳は一読で句意が理解出来るので有り難い。

私は、職を辞して七年になる。退職した当座は、職から解放された喜びで毎日を満喫した。家庭菜園いじり、碁敵との対局、趣味の物書き、物見遊山の旅行、近場の温泉巡りなどであった。ところが、それらも数年経つと飽きてきた。いつでも出来るとばかりに慌てることはないと億劫になった。退職して楽しいのは二年ほどであった。後は、まさに退屈な惰性の日々の連続となった。

そんなとき、掲句に出会いなるほどそうだと納得させられたのである。何をするでもなく無気力な日を送っていると、こんなことでいいのかと反省する。しかし、喜寿を過ぎるとそれほどすることはないのである。むしろ忙しく動き回らなければならないようでは問題があるのかもしれない。それを至福の日と言い切りが出来る決断が見事である。

ただ、そうは言っても何かをしなければならないと焦りもあるが、ここにこそ問題があるのかもしれない。心の持ち方次第である。何もしなくていいのだと決めつければいいのである。

いまさら何かをなして大成することはない。自然体で惰性の日々でいいのである。体力的にも若いときとは違う、少し動けば息切れがし次の行動にすぐ移れなくなった。情けないが現実を受け入れなければならないのである。

たしかに、今年の正月はこれといってすることが無く退屈であった。年末に息子は広島から帰省していたが友達優先の動きであった。

年始のあいさつにお伺いしなければならない方も、また訪れてくる方もおらず夫婦二人の静かな正月であった。私は、元旦は早めに目覚めて神棚と仏壇にお雑煮を供え、今年一年の無事をお願いした。後は年賀状が届いたので、それらを整理し、ごあいさつが出来ていない方に年賀状を送った。初詣ではあまりにも寒いので明日に延ばすことにして、一日中自宅に籠もりテレビの娯楽番組を観た。

正月二日目は、テレビで東京箱根間往復大学駅伝を観るのが恒例である。母校は往路二位で箱根に着いた。このまま進めば来年のシード権確保は、間違いないであろうと思われた。

三日目、大学駅伝の復路である。母校が頑張っているので安心してテレビ中継を観れた。復路も同じく二位であった。欲を言えば優勝であるが、そんな高望みは以っての外で、無理をしてシード権を失うと大変なことになる。私にとって大学駅伝は母校が出場するだけで大満足である。これで来年の正月も楽しみが出来た。

やっと熱戦のテレビ中継は終わり、女房と初詣に出掛けることになった。天気は上々で昨日と打って変わって気温は温かい。正月も三日目なので参拝客も少ないだろうと思ったが、拝殿の前は長蛇の列であった。家内安全を祈願し、次に田圃の中にある大明神さんにお参りした。

これらの参拝後、喫茶店に立ち寄ると店は正月疲れしたのか多くの客で混雑していた。帰路、スーパーで食材を買い、それらとお節料理の残りで簡単な夕食をとった。

以上が今年の正月三が日の動きであるが、日常と変わりなく退屈といえば退屈な正月であった。

まさに、これが先に掲げた川柳の退屈な至福の三が日なのかもしれない。そう受け止めて、今年一年慌てず騒がず平穏な日々を送りたいものである。

拙著の出版

日ごろ暇にまかせて随筆を書いているが、作品が五十編ほど溜まったので拙著を出版することにした。拙著を出版するとなれば、いろいろな作業が必要で、はじめに拙著のタイトルをどうするかである。五十編の作品の中で気に入っている題目である『ふるさと探訪』とすることにした。

次は作品の配列である。いわゆる目次の順番で十編ずつの五章編成にすることにした。各章の冒頭には自分なりに自信のある作品を配した。後は、同じような内容の作品が前後しないように間隔を取りながら時系列を考慮して目次を決めた。続いて、初出一覧表の作成である。今まで同人誌などに掲載した作品を確認し一覧表にまとめた。

『まえがき』と『あとがき』を書いた。『まえがき』は拙著を手に取った方が読んでみようかと興味を誘うような内容で、『あとがき』は拙著を読んでいただいた方々に感謝の気持ちを表すものとした。著者のプロフィールも書いた。各賞の受賞歴とかつて上梓した拙著の名称および出版社名である。拙著の帯のロゴ案も作成した。

これらすべてで原稿用紙三百枚程度になったが、ページ順に並べて再確認をした。誤字脱字、思い違いはないかなど最終の点検である。目を皿のようにしてチェックした。点検は、いくら手をかけても際限がなく現時点では限界だと思われた。これを出版社の担当者がどんな判断をするかである。

その後出版社に出向いた。事前に連絡しておいたので担当者は待っていてくれた。簡単なあいさつの後、担当者は私が持参した原稿を読み始めた。三十分ほど静かに読み続けた。そして「いけますねえ……」と開口一番に言った。私は問答無用に押し返されはしないか。書き直しを求められはしないかなどと心配をしていたが、それは取り越し苦労であった。

次に、私の希望を述べた。まず読者が読みやすい文章構成にしてもらいたい。そのため各ページは十五行で、各行は四十字と余裕をもたせたい。ＩＳＢＮ番号を付けた書籍にしたい。著者贈呈本を三百冊欲しい。校正は二度おこないたい。ルビは編集者で自由に付けてもらいたい。拙著の表紙や帯の作成はデザイナーに依頼してもらいたい。

これらの希望はすべて了解してくれ、後は出版費用と印税額であるが担当者は、「黒瀬さんは、ずぶの素人と違いますので校正してから改めて連絡します」とのことであった。担当者は、私が過去に数冊の拙著を上梓していることを知っているようで、なにかむず痒い気持ちになったが、少しは認めてくれているのかと嬉しくなって出版社を後にした。

その一週間後、出版社から電話があった。「原稿をすべて読みましたが内容的に面白かった。ソフトカバーで二百四十ページ前後の本になります。初版は千冊にします」「今後、活字で組みますが三週間ぐらいで校正原稿を送れると思います」

これからすると出版社は、私の原稿を一定の基準に達していると認めてくれたようで、後は校正原稿が送られてくるのを待つだけとなったのである。

その三週間後、青ペンの入った校正原稿が送られてきた。この出版社は気のついたところは赤ペンではなく青ペンを入れるので、最終決定は著者がしてほしいとのことだった。作品の作成には細心の注意を払ったつもりだが青ペンは止むを得ないことである。まず青ペンの入った箇所を点検した。青ペンは編集者の言い分であるが、それを納得できるかどうかである。私も著者としての言い分がある。まさに両者のせめぎ合いで、誤字や脱字など明らかに間違った箇所は青ペンに従うべきだが、すべてがすべて青ペン通りにはいかない。そこに難しさがある。

次は、一字一字を目で追いながらの点検で、編集者も気が付かない間違いを見つける作業なので神経を使う。ことに年代や固有名詞は著者しか知らない事項なので注意した。句読点や読点にも注意を払った。結果的には読者が読みやすいかどうかで判断するしかないのである。

二回目の校正は数か所であった。しかし、これら以外にも校正箇所はあるような気もしないではないが、これ以上は無理で最終校正とした。拙著の表紙や帯の見本を示されたので、明るい感じのものを選んだ。


それから一か月が過ぎた。段ボール箱に入った真新しい拙著が宅急便で届けられた。拙著の出来栄えは上々で、ページをめくるとインクの臭いが鼻をついた。まさに数か月の努力の結晶だと感極まって抱き締めた。これらを友人や知人にお送りするのである。また出版社は各書店に持ち込むのだが、今後、拙著はどんな動きをするか一切分からないが、私の分身として頑張ってもらいたい。

なお出版費用は、「いくら用意していますか」とのことであったので、私の希望を伝えると、担当者は「それでいきましょう」と簡単に決着がついた。

カタログギフト

今日は、二〇二二年十月一五日である。一葉のはがきが届いた。それも大手のカタログギフト会社からである。

その内容は、ご注文の商品お届け日のご連絡とお詫び、「お客様からご注文いただきました商品は、二〇二三年九月四日頃のお届け予定です。ご迷惑をおかけし、誠に申し訳ございません」

そんな馬鹿なことがと開いた口がふさがらなかった。

少し経過を記述すると、今年の八月下旬のことであった。親戚の結婚式の引き出物としていただいたカタログギフトの冊子から松茸を選び注文した。もちろん日本産の松茸ではないことは承知の上である。

十月になったので、まもなく松茸が届く頃だと女房に伝え、数年振りに賞味できると楽しみにしていた矢先、今回の連絡があったのである。

そのはがきの内容があまりのことなので、お客様センターに電話を入れた。日付の記入ミスではないのかと訊ねると、応対した担当者は、今年は松茸の入荷が思うように出来ず、来年になり申し訳ございませんと丁重に応対された。

いくら丁重に応対されても、あまりにも無責任なことで納得できず、少し強めに文句を言うと、他の商品に交換することも出来ますと次の手を提示した。しかし、私はその手には乗らなかった。来年、本当に松茸が届くのを待っていますと電話を切ったが、何とも後味が悪かった。

おそらく商品の松茸は中国産か韓国産の輸入品であろうことは想像できるが、思うように入荷出来なかったからと、はがき一葉の連絡ですまされていいのだろうか。企業にとってカタログの冊子で注文を受けた以上その責任はないのであろうか。輸入が無理となれば日本産なら時期的にまだ入手出来るはずである。それは高価で採算が合わないのは理解できるが、企業の信用の観点からそんな努力をすべきではないのか。

たしかに、今回のはがきは立派に印刷された内容なので、私だけではなく全国の多くの方々に同じような連絡をしたものと思われる。

松茸は季節物である。不作の年もあれば輸入がままならない年もあるであろう。しかし、そんなことは私たち顧客にとっては関係ないのである。一年先に届く商品をわざわざ注文したりはしないのである。今回の事態は、あくまで企業側の都合である。万一そんな事態が予測されるのであれば、カタログにそのことを明記しておくべきである。また、そんな恐れのある商品はカタログに掲載してはならないのである。

この調子ならばこの企業は信用できず、来年の九月に松茸が届くかどうかも疑わしい。

女房は、「突飛な物を注文するから……」と諭す。なるほど今までカタログギフトを何度も利用したが、それらは一般的な物ばかりで、食器や雨傘、ベルト、スリッパなどで注文通りの商品が届いている。それに比べると今回の松茸は、突飛といえば突飛な商品であったと反省しきりである。しかし、ここ数年松茸を食べたことがなかったので、ついつい心が動いたのである。

それならば参考までに国産の松茸は今いくらくらいするのだろうかとスーパーの店頭を

覗いて見た。長野県産つぼみ松茸三本百グラムで六千八百円の値札が付いていた。さすが高価である、これでは手がでない。一本の小分けで二千円なら何とかなるのだが……。

私は田舎の山間地で育った。そのため、子供の頃は松茸はそれほど珍しい食材ではなかった。むしろあの独特の香りが鼻に付いたくらいだが、今ではすっかり高嶺の花となってしまった。

さて、来年の秋、カタログギフトの松茸は本当に送られてくるであろうか……。

庭木の管理

最近のサラリーマンの新築住宅は、窓が少なく箱型で、宅地いっぱいに駐車スペースを確保し庭木などは一切植えていない。

それに比べ、私が自宅を新築した四十年前は、家の窓は限りなく広くとり、駐車場は一台分で、宅地の周囲に庭木を植え、それらの緑を窓越しに眺めるのが楽しであった。もちろん、それぞれは小さな苗木なので、早く大きく生育せよと願ったものである。

だが、それらの小さな庭木も、今は大きくはびこりその管理が億劫になってきた。ことにわが家の前庭の五葉松には一苦労である。新築祝いに父親が植えてくれたもので、その当時は、樹齢二十年ほどの幹の径五センチ、高さ一メートル余りのひょろひょろした苗木であった。根元に山の赤土を埋め込み、父親は、「木は太ることを覚えて置くべきだ」と言った。

私は、こんな貧弱な五葉松がものになるのかと思ったが、見事に生育し前庭の主木となった。樹高四メートル、枝振りは七段の傘状で、まさに威風堂々としている。年間二度、春と秋に手入れをしなければならない。春は新芽摘み、秋は古葉の除去と伸び過ぎた枝の剪定である。これらの作業を手抜きすると、枝は伸び放題で樹形は狂い、害虫の住処となる。五葉松はとにかく手間のかかる樹木で、黒松より遥かに管理が難しく、庭木としてはやや不向きである。黒松の剪定はいずれの枝を切り落としても残りの葉の側から新芽が出るが、五葉松はそうはいかない。不適切な剪定をすると、新たな芽吹きはなく、その枝は枯れてしまうのである。そのため剪定には慎重な枝切りが求められる。

今年も、秋の剪定時期になったがなかなか思いつきが悪く、作業は延び延びになっている。たしかに窓越しに見える五葉松は、枝が伸び放題でうっとうしくなった。女房も見かねたのか、「今年は松の剪定はしないの……」と言う始末である。

ついに、小春日和の日を選んで重い腰を上げた。まず、古葉の除去である。これを放置すると一部は自然に落ちるが、ほとんどが枝に付着したままなので、これらの古葉をもぎ取る作業をしなければならない。

ことに五葉松の上部は枝が込み合い除去作業に苦労するが、脚立を使いバランスに気を付けながら安全第一である。

なんとか古葉を取り除き今日の作業を終えた。翌朝は、枝の切り取り作業に取り掛かった。この作業は異常なほど神経を使う。切り過ぎるとその枝は枯れてしまうからである。細心の注意を払いながら何とか整枝作業を終えた。除去した古葉と切り落とした不要の枝をかき集めると大きなゴミ袋いっぱいになった。剪定を終えた五葉松を見上げると、枝間に透き間ができ青い空が見えかくれし、女房も見栄えがよくなったと褒めた。

これで五葉松の剪定は完了したが、まだツツジや槙、ツバキやオリーブ、キンモクセイなどがある。それにしてもよくぞ植えたものだと感心するばかりである。

とにかく、これらを一気に剪定するほどこちらも体力がない。一週間かけてながながに作業するしかないであろう。


住宅地を散歩していると庭木が伸び放題になったお宅がときにある。いくら家屋が立派であっても、庭木が管理できていないといかにもみすぼらしい。おそらく、庭木を管理していたご主人が病弱か、ご不幸になったのであろう。植木業者かシルバーセンターに剪定を依頼すればいいのだが、なかなかそこまで気が回らないのであろう。どうも庭木の管理はご主人がしているのが一般的で、女房はそれほど関心を持ってないようである。その点わが家も同じで、私にもしものことがあれば庭木は伸び放題となるであろう。

今では、『木は太る』と言った父親の言葉が身に染みる。また、最近の若者の住宅のように、庭木を一切植えないのも理解出来る世代になった。四十年前には想像もしなかったことである。

年賀状の辞退

『傘寿になったので今後年始のごあいさつを失礼いたします』『年末をゆっくり過ごしたいので年賀状をご遠慮します』『視力と気力がなくなりましたので今後の年賀状は失礼します』

今年の正月にいただいた年賀状にこんな内容の添え書きをしたものが五枚あった。

年末が近づくと年賀状の宛て名書きにだれしも苦労しているのであろう。私も同じで宛て名書きで数日間は四苦八苦する。それをみて女房は、「いい歳になったのだから枚数を減らすべきでないの……」と言う。

女房に言われるまでもなく何とかしたいのだが、特段の手が打てないまま今年も二百枚の年賀状を用意した。

正月にいただいた年賀状を頼りに、喪中の連絡のあった方々を除いて宛て名書きを始めた。喪中の関係は十五名でやや多いが、私も古希を過ぎ、ご高誼いただいている方々はそれぞれ歳を重ね、両親が亡くなったり伴侶が亡くなってもおかしくない世代になったのである。

宛て名は筆ペンで、ご本人の顔を思い浮かべながら書き上げる。そのうち何年も会っていないので状況が分からない方もいるが、可能な限り裏面の余白にこちらの近況を添え書きする。

冒頭のように年賀状を遠慮すると申し出のあった方々の宛て名はもちろん書かないが、そのことによって今後すべての連絡が途絶えてしまうのだと一抹の淋しさを感じる。年賀状は一年に一度の簡単な音信だが、まさに生きている証しである。

以前にも同じように年賀状を辞退した方が数名あったが、その方とはその後の音信は一切なくなった。こちらからお元気ですかと電話でもすればいいのだが、ついつい億劫になり連絡は途絶えたままである。もしやお亡くなりになっているのかもしれないと良からぬことを考えないでもないが、年賀状辞退で門戸を閉ざされた方の消息を聞く勇気はない。

私もいつまで年賀状を書き続けることができるかどうかは分からないが、近況報告の意味を込めて書き続けたい。ただ女房の言うように枚数は少し減らしたいのだがどうにもならない。今年はこの方には遠慮しようと差し出すのを止めると必ず送られてくるので、遅ればせながら返信の年賀状を送るのだから始末が悪い。

ある先輩から聞いた話だが、ある年に思い切って正月に届いた年賀状に限定して返事を送るようにしたら一定は整理ができたとのことであった。これも妙案の一つだが、ここまで思い切った決断をするには、まだためらいがある。たしかに惰性で年賀状の交換をしている方とは、この方法で整理ができるであろう。

私は、冒頭のように年賀状の辞退は当面考えていないが、傘寿までには一定の整理をして差し出す枚数を少なくしておきたいものである。

それにしても年賀状の郵便料金は六十三円である。この安価な料金で全国の津々浦々まで配達してくれるのである。そのことによって各地にお住まいの先輩や仲間に私の消息をお知らせできるとは本当に有り難いことである。しかし、近年の年賀状の差し出し枚数はメールや電話の普及で減少していると言われているが、元旦に届く年賀状の温もりは格別で大事にしたい習慣である。

年が明けて正月、今年も沢山の年賀状が届いた。いずれも懐かしい方々からである。その中に数年前に年賀状辞退の申し出のあった方のものがあり驚いた。

添え書きをみると『今年から手書きにしました』と書いてあった。たしかにその方の以前いただいていた年賀状は、裏面の図柄や表書きはパソコンで作成した目を見張るものであったと記憶している。これからみると加齢のためパソコンの操作が面倒になり、ついに年賀状を辞退したものと思われた。パソコンも日頃使いこなしていれば何とかなるが、年に一度、年賀状作成の時だけの操作となればその苦労が忍ばれる。年賀状は手の込んだ立派な図柄を求めているのではない。形式的な裏書きで近況が少し分かればいいのである。

年賀状の辞退、何となく煩わしさから解放されて安堵するが、存外一切の音信がなくなる淋しさがあるのかもしれない。いくら儀礼的といわれても……。

カラオケ

新型コロナウイルスの蔓延から今日まで、スナックはもちろん繁華街に出掛けたことはなかった。

やっと愛媛県下の新規の感染者数も落ち着き、緊急事態宣言も解除されて一か月が経った。そのため、かつての職場の同僚四人と松山市二番町の小料理屋で落ち合った。

お互い、この間健康で切り抜けたことに感謝しながら酒を酌み交わした。いずれも自粛生活の限界を訴え、このままコロナ禍が終息することを願った。

それにしても、この二年間はマスクの着用、手洗いとうがいの励行を強いられ、旅行や外食の制限で他人様との出会いに遠慮しがちの毎日であった。

だれしもこんな制約された日常は我慢の限界であったのか、今夜の二番町の飲食街は多くの人出でごった返していた。

二次会はスナックに行った。店内は予想に反して先客が何組もいた。まさに、このスナックも二年振りに訪れた。ママは、「やっとお客さんが来るようになった。店を開けていてもお客がゼロの日が続き、店を閉めていた時期もあった。閉店も考えたが、何とか市役所の協力金で切り抜けることが出来た」と、胸の内を語った。

水割りで乾杯し、後はいつものように無礼講でカラオケとなった。しかし、私は慌てた。長い間カラオケとは無縁の生活をしていたからである。本当に歌えるのか不安であった。以前どんな曲を歌っていたのか一切思い出せない。得意の持ち歌も数曲あったはずである。しかし、頭の中を急展開するも空回りするだけで持ち歌を思い出せない。いくら考えても思い出せない。二年間とはこんなに凄いものだと感心した。だが同僚は、次々とマイクを握る。

私の歌う順番になった。ところがどうしたことか今までの悩みは吹っ飛び、『人生二人三脚』が不思議と頭を過った。まさに持ち歌の一つである。カラオケの前奏が流れ始めた。ただ歌えるかどうか。またリズムに合うかどうか心配でマイクを握る手に力が入った。

曲の出だし発声はやや上ずり高い声となったが、何とか歌い終えた。二年間も歌っていなかったのに、歌えたことに自分でも感心した。その後は、次々と持ち歌『大阪ふたりづれ』『雨夜酒』などを歌った。何年もカラオケから遠ざかっていたのに歌えるものだと驚くばかりであった。

スナックではカラオケが付き物で、曲が歌えない状態では面白味も半減である。私もかつてはカラオケは苦手であった。苦手というよりむしろ恐怖すら感じていた。仲間が得意げに歌う姿を見ると羨ましかった。歌えない者にとってはスナックは苦痛であった。仲間の歌声に拍手をするだけでは何一つ面白くなかった。ましてや歌うことを強いられるとその場から逃げ出したくなった。

そこで考えた。私もサラリーマンである。今後も仲間とスナックに行く機会は何度もあるはずである。このままカラオケは歌えないと逃げ回り、仲間の歌を聴くだけで満足出来るであろうか。また歌えない者が同席していたのではシラケて、楽しい雰囲気に水を差しているのではないか。

そのため恥を忍んで一念発起することにした。職場の音痴三人に白羽の矢を立て、「カラオケが歌えるようになろう」と声をかけた。彼らも同じ悩みを持っていたようで、即座に賛同した。三十五年前のことである。

講師はギター演奏を趣味とし、だれからも「歌がうまい」と言われている職場の先輩にお願いすることにした。毎週火曜日の仕事を終えてから練習となった。三人とも自他共に認める音痴である。

まず、三人は何とか歌える曲で挑戦したが緊張して声が出ない。ましてやリズムどころではない。さすがの講師も呆れ顔であった。しかし、三人は諦めなかった。毎週火曜日に集まった。そのうちだんだん声が出るようになった。後はいかにリズムに乗り感情を込めるかである。各自はテープレコーダに合わせて悪戦苦闘の練習を繰り返した。ほどなく講師から課題曲が示された。元大相撲力士増位山の『男の背中』であったが、三人は何とか歌うことができた。

講師は、「歌いたい曲と歌える曲は違う。いかに歌える曲を探すかである」と言った。なるほどそうである。私は高い音域は出ないし、速いリズムにはついていけないことが分かった。『雨夜酒』『ふたり酒』『雨酒場』など女性歌手の曲が無理なく歌えるようになった。ここで高望みをして、『ふたりの大阪』のデュエット曲にも挑戦した。

ついに、三か月の練習の成果をスナックで試すことになった。いづれも緊張はしたがそれなりに歌い上げた。以前とは大違いである。

講師は、「後は、億劫がらず積極的にマイクを持ってください。人並みの歌になりました」と、お褒めの言葉をくださった。

こんな経過があって音痴の私が、人前で歌えるようになったのである。以前のことを思うとぞっとする。とにかくスナックで歌えないのは厳しい、面白くない、その場の雰囲気を乱す、歌うように強いられるとその場から逃げ出したかった。

カラオケで歌える人は、歌わない人の気持ちを理解しているであろうか。ついつい自分中心になって、だれでも簡単に歌えると思いがちである。しかし、歌えない者にとっては他人様に言えないそれなりの悩みがある。

決して、カラオケで歌えない者に歌うようにと無理な強要するのは以っての外である。それこそが大人の配慮であり礼儀である。

税金の申告

税金の申告は煩わしく億劫なものである。二月になると市役所から市民税と県民税の申告の案内があった。受付会場は地域の公民館である。

案内状には当日持参すべき必要書類を記載してあったのでそれらを取り揃え、当日公民館に出向いたがすでに先客が五十名ほど待っていた。

とりあえず受付をすませたが、二時間待ちだというので一度自宅に帰り、頃合いを見計らって再度出向いた。市役所からは市民税課の担当者が六名派遣されていた。

順番待ちをしている方々は、決定される税額の不安とコロナ禍もあいまっていずれも無口であった。私は年金収入だけなのに税金を納めなければならないのかと、ややうんざりした気持ちで順番を待った。

ほどなく順番となり二番の窓口に案内された。担当者はいたって丁重な口調で席に座るように促し、私が持参した関係書類に目を通しながら、順次パソコンを操作した。税金の申告といっても、私は一切書類に記入することはなく、担当者がすべて処理してくれた。

その後、これで申告は完了しましたとのことで簡単な説明があった。ところが、そのとき私は、このままでは間違った申告になると気が付いた。それは医療費控除のうち高額療養費として給付されたものが申告漏れで、税金が八千円ほど安くなり、どうしようかと一瞬迷った。担当者も気が付いていないようなので、何か儲けた気分になって席を立とうとした。

しかし、私は気の弱い男である。高額療養費は申告しなくてもいいのですかと一言つぶやいた。担当者はややけげんな顔をして私を一瞥した。私は言うべきではなかったと少したじろいた。もしや目こぼしをしてくれていたのかもしれないと反省した。

担当者はそれを聞いた以上は放置しなかった。私が持参した関係書類を再度見直し、高額療養費の申告漏れを素直に認め、ありがとうございましたと礼を言いながら申告を修正した。

結果的に八千円を追加した納付額となり、担当者は何度も頭を下げた。これから見ると担当者も特別に目こぼしをしてくれたのではなかったようで、単なる処理ミスであった。

担当者に礼を言われながら席を立ったが、何か釈然としない気持ちになった。あのまま黙っていれば良かったのではないかと自問した。私は税の申告手続きに詳しい訳ではないが、たまたま簡単なミスに気が付いたのを見過ごすことはできなかった。

だれしも税金は一円でも安いことを望んでいる。私もまったく同じであるが、高額療養費の申告漏れが後日発覚し、修正申告を求められることを考えるとこれで良かったと納得した。

帰宅して女房にことの顛末を話すと、「お父さんは正直すぎる」と、むしろ馬鹿にされた。そう言われるとそうかもかもしれないと反省もした。申告書はすべて担当者が作成したのだから、私には何の責任もなかったのだからなおさらである。

たしかに、あのまま黙認すれば何事もなく申告手続きは終わったであろう。しかし、私にとっては間違った内容の申告は後ろめたかった。いつ修正申告をしなさいと連絡があるかと不安な日々を送る煩わしさを考えればこれで良かったと重ねて納得した。

ところが女房は、「見つかることはないわね。見つかれば申告書は担当者が書いてくれたと言えばいいのではないの、八千円は大きいぞね」と呆れたように言った。

女房にそこまで言われると、年金以外に収入のない者にとって八千円はたしかに痛かった。また、黙っていれば何とかなっていたのにと良からぬ考えが頭をもたげた。


女房は存外大らかな性格だが、私はどちらかといえば神経質で小心者である。それは、公務員として四十年に余って働いたからかもしれない。

市役所では受理した申告書は、そのまま完結とはせず、後日必ず点検や再確認の作業をすると思われる。今回の事例は、あまりにも単純なミスなのでそのとき発覚し、あらためて修正申告を求められるであろう。

女房の言うようにその連絡があってから動けばよかったのかもしれないが、いずれにしても追加税額八千円である。私は止むを得ないと諦めたが、女房はまだ納得できないようであった。その金銭感覚が、ささやかな年金受給者の家庭を何とか切り盛りしてくれているのだと感謝すべきである。

『鳥獣戯画』のなぞり描き

『鳥獣戯画』は、ウサギやカエル、サル、キツネなどの動物を擬人化した墨の線画だと記憶している。学生時代に授業で教わっただけでその後は目にする機会はなかった。

そんなとき書店を覗くと、『鳥獣戯画筆ペンなぞり描き』染川英輔著が目に留まった。本体はビニールで梱包されているので内容物をすべて見ることはできないが、『鳥獣戯画』の名場面を筆ペンでなぞり描きすると一幅の絵を完成させるとのことであった。

絵画に縁のない日々を送っているが、なぞり描きに何故か心を動かされ挑戦してみようと、書籍を購入した。

書籍には『鳥獣戯画』についての解説と、付録として画用紙大の線画の下絵手本十枚が入っていた。それによると『鳥獣戯画』の正式名称は、鳥獣人物戯画で京都の古刹《こさつ》高山寺に伝わる国宝である。甲乙丙丁の四巻からなり、制作は甲乙の二巻は平安時代後期、丙丁は鎌倉時代で、作者は定かでないが高僧鳥羽僧正覚猷《かくゆう》との説がある。

さっそく、なぞり描きに挑戦した。筆ペンは親切に著書に添付されているので準備の必要はなかった。

一枚目のなぞり描きを始めた。手本のなぞり描きなので簡単だろうと取り掛かったが、細い線、太い線、撥ねる線、止める線など意外と複雑である。神経を集中し息を止めて線を引かなければならない。目をこすりながら二時間ほどかけて一枚の絵を完成し、大きなため息をつき歓喜の声を上げた。

描き終えた絵を見ると、少し手本からはみ出した部分もあるがまあまあの出来栄えであった。カエルがイノシシを綱で引きそれを三匹のウサギが取り囲んで喜んでいる図柄で、いずれも笑顔でのどかである。

これを眺めていると私流の『鳥獣戯画』に満足であった。しかし、続いて二枚目を描く気力はなかった。単純ななぞり絵であるが全神経を集中して描き上げたので疲れ切ったからである。それだけにすべてを忘れて没頭したのである。まだ九枚の手本が残っているのだと少し尻込みした。

翌日、また描き始めたが昨日と違って順調に筆が進んだ。それは手本を上下左右にずらし回転してもいいことが分かったからである。そのことによってなぞる線が指の陰にならず、スムーズに描くことができ時間的にも相当短縮できた。しかし、全神経を集中して没頭したことは一枚目と同じであった。

二枚目が完成した。図柄は五匹のカエルが弓矢を持ってハスの実を的にして遊んでいる様子で、カエルを擬人化し、いずれもおどけた格好で楽しみながら見守っている光景は平和そのものである。

三枚目、四枚目と手本を描いていくと、なぞり描きの虜となり面白くなった。いずれの図柄も、動物が助け合って楽しく遊んでいるので、なぞり描きをしていてもほのぼのとした気持ちになる。簡単な墨一色の線画であるが、楽しげな動物の姿は、私たちの日ごろの行動に警鐘を鳴らしているようであった。

最後の十枚目の手本になった。今までと違って図柄が複雑である。登場する動物もウサギ、サル、ネズミ、カエル、ネコ、キツネなど二十三匹で、中央でカエルとウサギが相撲をとっているのを、みんなが車座になって笑顔で見守り応援している図柄である。

筆ペンの線引きも手慣れてきたが、十枚目の手本はあまりにも複雑で一筋縄ではいかないと判断した。休み休みで三十分ごとに休憩を取った。目がかすみ筆を持つ手が震えた。結果的に二日がかりで描き上げたが、さすが複雑な図柄だけに、完成した作品は大満足で我ながら惚れ惚れしたものとなった。

完成した全作品十枚を並べてみると、苦労の後が忍ばれるが何とも言えぬ充実感で嬉しくなった。それぞれ額装すれば居間に飾っても見劣りしない作品となった。

家内と息子は、これは凄いだれが描いたのかと驚くほどであった。なぞり絵だと種明かしをしたが、無数の線を引き続けた根性に感心しているようであった。

十枚の作品に登場する動物はいずれも争うことはなく、和気あいあいで喜び助け合い、お互いを認め合っている。それからすると私たちの日常は、共感や共助が薄れギスギスした状況である。『鳥獣戯画』は動物を擬人化して私たちの生き方に、今一度反省を促しているのではないだろうかと感心させられた。

なぞり絵に十日間ほど無心で没頭した。一心不乱に筆ペンで線を引くだけの単純な作業であったが面白くなって虜になった。制作中は何も考えず、心静かに手本をなぞるだけである。時間が静かに過ぎていく。まさに大人の塗り絵の一種だが忍耐と静寂の世界に浸ることができた。

後日、完成した十枚の絵を高山寺に納画するとご朱印を授与された。

それにしても楽しく充実した一時を過ごすことができた。こんな面白い企画をした著者と出版社に敬服である。

V

住みたい田舎

私は、愛媛県今治市桜井に住んで五十年になる。

今治市は、愛媛県の北東部、瀬戸内海のほぼ中央に位置し、人口一五万人ほどで松山市に次ぐ県下第二の街である。街のキャッチコピーは『タオルと造船の街』である。この今治市が驚くことに、第一二回『住みたい田舎ベストランキング』でグランプリーを獲得したのである。

そのことは、宝島社発行の月刊誌『田舎暮らし』二〇二四年二月号で、大きく報道された。その記事によると、人口十万人以上二十万人未満の五四の都市を対象にアンケート調査を実地し、各自治体の回答をもとに総合的に検討した結果、今治市がグランプリーに輝いた。

アンケートの内容は、若者世代、単身世代、子育て世代、シニア世代の各部門別に二七八項目にわたって調査した。それらについて各自治体の施策、教育や子育て支援、雇用の安定や観光、介護支援や医療機関、空き家状況や移住者の実態、文化芸術に対する取り組みなど多岐にわたる設問である。

今回のグランプリ獲得は、今治市民にとって誠に誇らしい事態であるが、そこで現実に生活している者の実感はどうであろうか。そういう私も、はるか以前に隣町から移住したのである。

私が移住した当時は、港町として賑わいがあった。港には大型の船舶が出入りし、多くの人の往来があった。商店街も客で溢れ華やかであった。ところが、今ではしまなみ海道の開通で船の出入りはほとんどなく、港は閑散としている。また、デパートも三店舗あったが、撤退してなくなった。

市街地の中心部は、かつての賑わいはなくなり、郊外に大型の商業施設ができたため人の流れは郊外に移り、静かな城下町の雰囲気を醸すようになった。

さて、現在の今治市の魅力的なところは何か、私なりに列記してみた。

・自然災害がほとんどなく、台風の影響が少ない。

・気候は内海に面し海洋気候で穏やかで温かい。
・地形的には、はるかに霊峰石鎚山の四国山脈を眺め、瀬戸内海の海岸線が続き、風光明媚である。
・海産物や農産物が豊富で美味である。新鮮な食材の魚料理店や中華料理店、焼き鳥屋が結構ある。
・毎月二回、地元の美味しいものが大集合する『せとうちみなとマルシェ』が開催される。
・図書館や美術館、スポーツ施設が充実している。
・建築家丹下健三氏設計の建造物が多数点在する。
・市民の性格は穏やかでのんびりしている。
・働く場所は、タオルと造船の街だけに充分ある。
・観光は、来島海峡の眺望、今治城、タオル美術館、大山祇神社、四国霊場の寺院などがある。
・プロサッカークラブJ三リーグ所属のFC今治チームの本拠地である。
・市街地と島しょ部は、しまなみ海道で繋がっている。
・サイクリストの聖地として、しまなみ海道を自転車で通行できる。

・アクセスは、松山空港まで車で六十分、新幹線福山駅まで高速バスで八十分である。

私なりに、今治市の自慢できるところを綴ったが、まだまだありそうな気もする。

今治市の市長さんは、「今治市は、瀬戸内海の温暖な気候と多島美が織り成す美しい景色はもとより、人の笑顔と心も温かい街です。また、今治タオルや造船、海運業などの産業が盛んで安定した雇用も魅力の一つです。市の行政は『市民が真ん中』の理念のもと、きめ細かな施策を実施している」と、おっしゃる。

住みたい田舎ランキングに選ばれた今治市である。今後、今治市に移住を考えている方がおいでなら、移住下見で最大六泊の宿泊費補助の制度があるので、それを利用していただいて、今治市の良さを体感し、充分謳歌して決めて貰いたい。

ことに地方都市の宿命は、いずれもそうであるが、若者が都市の大学に進学すると、卒業後に地方に帰ってこない現実がある。そのため田舎は人口減が続いている。都市で生活する者すべてが満足した生活をしているとは思えない。彼らに言いたい。

「田舎も捨てたものではない。田舎にUターンするのも選択肢の一つである」

随筆の妙味

随筆らしきものを書き始めて約二十年になる。

素人の物書きが、これ程長きにわたり随筆とかかわってきた経緯の一端を、来し方の反省も含めて振り返ってみた。

私は若いころから公務員であったが、定年近くになったとき新聞記事の『随筆講座』が目にとまった。東京の日本随筆家協会の指導講座である。その場で迷うことなく入会手続きをとり、作家神尾久義先生の指導を受けることになった。

早速、原稿用紙五枚に作品を書き、それを提出すると赤ペンの入った講評が送られてきた。初めて提出した作品は『来島海峡』という表題で、大阪から今治市に移住した方が来島海峡の景観の虜になっているという内容であった。それなりに自信のある作品であったが、結果は何と赤ペンが全面に入り「こんな書き方もあるのですか……」と、厳しい講評に驚き目が覚めた。ここで文章は自己流ではだめだとつくづく思い知らされた。

その後は、それに負けじと奮起して毎月二編の作品を送り続け指導を受けた。そうこうしていると「締めの言葉が見事になった」「物事の捉え方が多面的になった」と、一定の評価を受けるようになり、四年めにして日本随筆家協会賞を受賞できた。


それを機に、神尾先生に今までの作品を取りまとめて一冊の本にしようと言われ、随筆集『小さな親切』の出版となった。そのことが地元の新聞に顔写真入りで大きく報道され、拙本は近隣の書店の店頭に並び、その反響の大きさに驚かされた。それに気を良くして、作品を書き続け二冊めの拙本『恥のかき捨て』を上梓した。これがまた有り難いことに日本図書館協会の選定図書に選ばれた。そうすると不思議なことがおこった。東京の全然知らない出版社から、「次の書籍は当社で出版してもらいたい」と連絡が入るようになった。驚くばかりだが有り難いことであった。

なかでも一番感心したのは、ある出版社の編集部長が私の住んでいる今治市まで来られ、自社での出版をと懇願され、嬉しくなって了解した。その結果できた拙本が『随筆早朝のメール』である。拙本が完成するまでに部長は三度も今治市に来られたが、これには私も恐縮し、田舎に住んでいる素人の物書きにこれ程までの対応をしてくれるのかと心底感心させられた。しかし、部長に東京からわざわざ来ていただいて申し訳ないので、私も今治国際ホテルのランチを御馳走したり、来島海峡や今治城の見物に付き合った。

現在、私は二つの文芸団体に所属している。一つは随筆文化推進協会『随筆友の会』、もう一つは、文芸家の会『架け橋』で、これらの機関誌に毎号作品を発表している。それ以外に、柄にもなく日本詩歌句協会の随筆評論大賞の選者をしている。

また、今日までに七冊の拙本を上梓し、有り難いことにいろいろな文学賞まで戴くことが出来た。

これらが、私と随筆のかかわりであるが、その魅力に二十年間も取り付かれたのはなぜであろうか。

随筆とは、辞書を紐解くと「日常茶飯事を思いのままに綴った文章」となっている。これからみると日記を書くように、肩肘張らずに気楽に思いの丈を綴ればいいのだが、日記は他人様に見せるものではない。ところが、随筆は他人様に読んでもらい共感や感動をあたえることに意義がある。

そこに随筆の難しさがあり、情緒情感を盛り込み実相をいかに捉えるかである。こんなことを考えながら作品を書き続けている。

ことに、最近はだれしも手紙やはがきをほとんど書かなくなった。パソコンやスマホの絵文字交じりの簡単な文章で、一件落着とばかりに満足しているのが普通となってしまった。

これでは頭の中はなかなか整理が出来ない状態である。しかし、日ごろ悩んでいること、腹が立ったこと、感動したこと、面白かったことなどを少し長めの文章で表現し、何度も推敲を繰り返すことによって、頭の中が不思議と整理出来るのである。そのことによって、不安な心も収まり、悩んでいることも感動したことも、なるほどそうかと糸口がつかめるような気がしてならない。

結果的には、物事の顚末を文章で表現することによって論理的に筋道が立つからである。いくらああでもない、こうでもないと思案しても堂々巡りするだけである。その解決策の一つが随筆を書くことである。これこそが随筆に秘められた妙味かもしれない。

延命治療

知人のＡさんのご主人が急遽総合病院に入院した。

病名は急性間質性肺炎である。以前から少し咳き込んでいたので薬局で咳止めの薬を調合してもらい数日は我慢したが、症状が治まらないので近所の内科医院を訪れると総合病院を紹介された。

総合病院で診察の結果、急性間質性肺炎と診断され即入院となった。Ａさんは病院に急行し医師より病状について説明を受けた。それによると、血液中の酸素の量が極端に少く、ＣＴ検査で肺が真っ白である。今は、酸素吸入で落ち着いているがいつ病状が急変するか分からないとのことであった。あわせて、急変したときの対処方法を決めておいてくださいと言われた。

朝食を普段どおり食べた夫に、こんな想像だにしない事態が起こったのである。Ａさんは、ベッドに横たわり酸素マスクを付け、点滴をしている変わり果てた夫の姿を目の当たりにして平常心を失った。それもコロナの関係で夫との面会は一日一回、十五分間しか許されないとのことである。

入院二日目、主人を見舞ったAさんに、看護師より、「延命治療をどうするか。いつ急変するか分かりませんので早く決めてください」と再度言われた。

私は、Aさんよりこんな経過を聞かされ、「延命治療はどうすればいいでしょうか」と相談を受けた。

あまりにも難しい相談である。まして他人がとやかく言える事案ではなく、こればっかりは身内が決めることである。

「二人の娘さんと相談して決めるべきだ」と答えると、Aさんは、「私と次女は延命治療はしないと決めているが、長女は決断しかねている」と言う。

とにかく三人で話し合う以外にないと答えるしかなかった。

延命治療とは、一般に老化による心身の衰弱や、重度の病気などで生命の維持が難しい人に対して、一時的に命をつなぐ医療行為で、具体的には、死期の迫った患者に、点滴で栄養補給をしたり、人工呼吸器などを装着して心臓や呼吸の動きを維持する対処方法である。

延命治療について私は、この程度の知識しか持っていないが、とにかく我々の最期を医療の力で少しでも遅らせることである。

私も持病があり大学病院で定期的に治療を受けている身であるが、今まで延命治療をどうするかなど考えたことはなかった。だれしも元気なときは延命治療など御免なさいと言うであろう。しかし、現実は当事者がそんな判断が出来る状況ではなく、残される遺族が決断を迫られるのである。いざそのときに心底慌て、いかに決断すべきか悩むのが普通である。そのためには、元気なときに家族でどんな最期を望んでいるか話し合って、方向性を決めておくべきである。

そういう私もそんな話し合いを家族でしたことはないが、結論から言って私は延命治療は一切望まず、自然なままで生涯を終わりたい。意識をなくした人生など意味がないと家族に伝えておきたい。いざのときに家族が判断に悩まなくていいように……。

ただ、人生の最期に直面すると、家族は気が動転して正常な判断が出来なくなる。もう少し治療すれば病状が回復するのではないかと淡い期待と望みをかけるのが人情である。しかし、現代の医学で延命治療が施されるようになると病状の回復は到底望めず、単に生命を保つだけである。もちろん意志の疎通はなく、医療機器によって生命を長らえているだけである。そんな人生の最期は望まない。このことだけは家族に必ず伝えておきたい。

その後、Aさんに会った。

「夫の病状は今は落ち着いている」「延命治療はしないと三人で相談して決めた」とのことであった。

これには相当勇気のいる決断であったとその心中をのぞかせていたが、私は薄情のようだがそれが正解だと伝えた。

Aさんも苦しかった決断を理解してくれたとばかりに安堵の表情であった。それにしてもご主人の病名、急性間質性肺炎は難病であることは確かである。現在病状が治まっていることは有り難いが、この小康状態が少しでも長続きすることを願って止まない。延命治療をどうするかなどと悩んだことが笑い話ですむようになって欲しい。

後日、ネットで検索すると、内閣府の統計では、「六五歳以上は延命治療を望まず、自然にまかせてほしいと答えた方が九一・一パーセント」となっていた。妥当な数値だと思われる。

だれしも、少しでも生きながらえることを望んでいるが、それは意志の疎通が出来るからである。延命治療によって植物人間化した身をさらしたくはないのである。私も生涯の終わり方を考えさせられる齢になったが、なんとか穏やかな終焉を迎えたいものである。

文芸処『ひうち』

何事もそうであるが、同好の士が近くにいると一層楽しく長続きする。私は日ごろ随筆らしきものを書いているが二十年になる。これも仲間の励ましと協力があってのことだと感謝している。

それは、私を含めて四人の仲間の集まりで、文芸処『ひうち』という名称のごく小さな会である。とにかく、この四人は文章を書くことを趣味としているので自然発生的にできた集まりである。

会の主な活動は、各自が毎月一遍の作品を書き、月末の日曜日に喫茶店に集まり作品の合評をするのである。各自が持ち寄った作品の誤字、脱字はもちろん、描写力不足など忌憚《きたん》のない意見交換の場である。文章はお読みいただいた他人様がいかに受け止めるかである。いくら自慢の作品でも他人様の評価を無視することは出来ないのである。仲間の厳しい指摘で反省することも再三あり納得させられる。このことによって、一定の水準を保つ作品が完成するのである。

この会も七年続いているが、よくも続いたものだと感心する。それはとにかく四人が文章を書くことが苦にならないからである。そして、その作品をだれかに読んでもらって感想を聞きたいのである。

この四人の仲間を紹介すると、Aさんは、唯一の女性で、若いころ印刷会社に勤めていただけに活字にはうるさく、誤字脱字は瞬時に発見する。また、公民館の朗読会に参加しているだけに、文書のねじれも見逃さない。

Bさんは、読書家で随筆というよりは小説を書くのを好みとするようである。ことに小さな文学賞を受賞したほどの筆力を持っている。

Cさんは、私と同じように随筆を書くが、川柳も得意で新聞の投稿欄に再三掲載されている。

それぞれ三者三様で好みに多少の違いはあるが、随筆に力点を置いていることは確かである。それは随筆は日常茶飯事の見聞や実体験のなかから物事の実相を捕らえるのが面白いからである。いずれも『事実は小説より奇なり』と異口同音に言う。

会のもう一つの活動は、年に一度小さな冊子を作ることである。これが存外好評である。一年間の集大成として自薦の作品を数編選んで取りまとめるのである。まさに、手作りの冊子である。

各自は決められた書式のパソコン画面に作品を入力したものをコピーし、それを袋綴じして製本すると、何となく格好がつく。二十冊限定の発刊である。これも何年も続けていると発刊を楽しみに待ってくれている方もいるのである。

物書きにとって作品を発表する場があり、読んでくれる方がいることはありがたいことで一層の励みとなる。作品はとにかく他人様の目にさらすことである。そのことによって作品の善し悪しが分かるからである。いくら立派な作品でも発表の場がなければ宝の持ち腐れで、自己満足で終わってしまう。その点、簡単な素人の手作りの冊子であるが、結構大きな役目を果たしている。

文芸処『ひうち』は、四人の小さな集まりであるが、この程度が丁度いい。多人数になるといろいろの考えがありまとまらない。私は、柄にもなくこの会の主幹として取りまとめ役で、雑事は一手に引き受けている。仲間が楽しく作品を書いている限り、どんな雑事でも引き受ける覚悟である。趣味の関係の雑事だから苦にはならない。

ちなみに、会の名称『ひうち』は私たちが住んでいる街が、瀬戸内海のひうち灘に面しているので、そこから拝借した。歴史的にひうち灘の海岸には、火打石が散見していたからそう呼ばれるようになったとか。

この文芸処『ひうち』もいつまで続くか先のことは分からないが、火打石で灯したささやかな文芸の炎を、今後も末長く燃やし続けたい。

遺産の売却

家内の両親が亡くなって十五年になる。遺産として家屋と宅地を引き継いだ。その物件は、ＪＲ伊予西条駅のそばで宅地三十三坪、家屋は築六十年の平屋である。これを何とか処分したいと考えるが、なかなか思うようにならない。とにかく最大の悩みは家屋の中にある生活雑貨や家具類をいかに整理するかであった。

数年かけて生活雑貨は家庭用ゴミとして処分し、大型の家具や電気製品は処分場に運んだ。その後は空き家として放置していたので借家の申し出も数件あったが、後々面倒なことになっては大変と丁重にお断りした。

そのうち、適当な解体業者が見つかったので、家屋の解体を依頼した。解体費用は百七十万円であった。これで家屋はなくなり更地になったので近隣に迷惑をかけることはなくなったと一安心した。ところが今度は雑草が生え、半年も放置すると背の高さまで伸び、自治会から注意を受けることもあった。

そんなときであった。『どんな土地でも買い取ります』との不動産屋の広告が目に留まった。その場で電話を入れると、現地を見てから返事をしますとのことであった。数日経って業者より連絡があった。

「あの土地は、広い公道に面していないので買い取りはできません」とのことである。何とか処分したいのだが、いい方法があれば教えて欲しいと懇願すると、「公道が狭いと利用価値はないので、隣接の方に安く引き取って貰うしかないでしょう」とのことであった。


不動産屋も見向きもしない土地であることが分かった。いくら遺産といっても負の遺産である。そうと決まれば隣人に安価で買い取って貰うしかない。隣人の屋敷とは地続きの土地なので、少しは利用価値はあると思われた。

さっそく隣人に話を持ちかけた。私は開口一番に言った。

「裏の土地、いくらでもいいですから引き取って貰えないでしょうか」

隣人は、急な申し出に慌てたようで、「家屋の解体費用もいったことなのでそうはいかない。岡山にいる息子と相談してから返事をします」と、そのときは別れた。

一週間が経ち返事があった。土地を購入したいとのことで、再度協議となった。

いざ宅地の売買といっても、お互い素人の協議である。まず、不動産譲渡税のことを考え贈与について話題に上った。しかし、売買の方が後腐れがないだろうとなった。次に、売買額をいくらにするか見当がつかない。百万円あるいは五十万円などいろいろな案が出たが、私は、価値のない土地であることを不動産屋から聞かされているので、無理を強いるつもりはなかった。

「一坪一万円、全体で三十万円でどうですか」と言った。

その提示額に隣人も異存はなく、売買額は三十万円と決まった。後日、隣人と司法書士事務所に出向き、不動産売買の所有権移転登記をお願いし、その場で隣人より現金三十万円を貰った。


これですべては終わった。ここまでたどり着くのに何年もかかった。負の遺産はいくら抱えていてもどうにもならない。その労力や気苦労は並大抵ではなかった。

家内は一抹の淋しさを感じているようであったが、私は肩の荷が下りた。やっとこれで、雑草の管理と固定資産税年間三万円から解放された。ちなみに売却した宅地の市役所の不動産評価額は二百六十万円である。

この結末について、いろいろ考えれば考えるほど、まったく呆れた話だと思わないでもないが、これでいいと納得した。この厄介な後始末を息子に引き継ぎたくはなかったからである。

私は、当初この宅地は三百万円くらいの価値はあるであろうと目論んでいたが、その夢は見事に砕かれた。それを決定的にしたのは不動産屋の評価である。

まさに、広い公道に面していない宅地は利用価値がない。新しく家を建てることは出来ないし、駐車場にもならない。物置か家庭菜園にするしかないのである。しかし、両親が家を建てた六十年前は結構便利な場所であった。ＪＲの駅やバス停のそばで、商店街やデパートも近くにあった。いくら広い公道といわれても、現在のように各家庭に自家用車があることなど想像もできなかった時代である。

もし、今回の一件を他人様に説明すると、ほとんどの方はそんな馬鹿なことが、解体費用もかかったのだから、もう少し何とかならなかったのかと笑われそうである。確かに客観的に見ればその通りである。しかし、これで良かったと思っている。とにかくどんな方法であっても解決したかったからである。

その足で、両親の墓前に一連の経過を報告した。何も反応はなかったが、ご苦労さんと言っているような気がした。

師走

今年も師走になった。何となく物思いにふける時期である。加齢とともに一年の経つのは早いものだと実感する。

忘年会もそこかしこで始まった。在職中は何度も宴席に出席したが、今ではそんな機会はほとんどなくなった。

ただ唯一、三十年以上続いている忘年会がある。その忘年会はかつての職場の同僚三人が、十二月の適当な日に寿司屋に集まるのである。これは現職の時、御用納めの日から始まったが、若いころは職場の愚痴や不満を語り合って酒を酌み交わしたものである。

その寿司屋は市内で最古の老舗で、今年も例年どおりカウンター席に付いた。鯛のあらとアナゴを肴にビールで乾杯し、次にマグロ、エビ、イカ、鯛などを思い思いに握って貰い、仕上げはアナゴとカッパ巻きである。

その後は、ホテルのスナックに場所を移し、水割りで再度乾杯となる。スナックはホテルの最上階なので市街地の夜景が輝き、遠くに来島海峡大橋がライトアップされて一見の価値がある。

この夜景に見とれているとなぜかこの一年を振り返った。年の瀬も押し迫ったのでそんな心境にさせられるのであろう。

相変わらずコロナに振り回された一年であった。行動は制限され、生活している今治市からほとんど出掛けていない。友人や知人と会うのも少なくなった。病院通い以外は自宅に籠もって過ごした。県外に行ったのは姫路だけで、所用を済ませると観光もそこそこに逃げるように帰った。こんな変則な生活がいつまで続くのであろうか、コロナの早期の終息を願って止まないのである。

また、今日までの来し方も頭をよぎった。この今治市で生活し、このままこの街で一生を終わろうとしている。学校を卒業するとこの街の国の出先機関に就職した。その後、転勤し東京の職場で七年間働き、再度この街に舞い戻り、結婚し自宅を建てて四十年になる。

職場は五十九歳で定年退職し、その後関連の団体で十二年間働いて職を辞した。それから六年が経過した。在職中は退職後を如何に楽しく過ごすかと大いに期待した。当座は、家庭菜園と碁敵との対局、道楽の物書きで何とか有意義に過ごせるだろうと目論んだ。

退職後はそれらを順次こなし、少なからず充実した日々であった。菜園に小さな苗を植え、肥料をやり草取りをすると野菜は見事に生育し、それを眺めているだけで満足であった。囲碁も碁敵と勝った負けたと対局を楽しんだ。物書きは随筆だが、書きそびれていた題材を作品に仕上げ一冊の拙本を上梓した。まさに、毎日が忙しく充実した日々で、退職後の自由時間を謳歌した感じであった。

しかし、それも二年も経つと何か物足りない日々となった。まず、体力と根気がなくなり惰性の日々を送るようになった。あれほど熱中した囲碁の対局も興味を失った。随筆書きも自宅に籠もり勝ちなので題材に事欠くようになった。菜園の手入れもいつでも出来るとばかりに先送り気味となった。

男性の平均寿命まで残り五年ほどになったが、この間をこのまま惰性の日々で過ごすのであろうか。だからとて、だいそれた目標を掲げても始まらない。とにかく健康でなければならない。家族に無用の心配をかけたのでは生きている意味がない。自分のことは自分でこなし、他人様の手を煩わさないことである。また、病院に入院や施設の入所も御免こうむりたい。こんな気弱なことを思い浮かべながら夜景を眺めたが、師走だから尚更かもしれない。

来年も同じ時期にこの三人で忘年会をするであろうし、是非したいのである。三人のうち一人でも欠けると駄目になる。

寂しい限りだが健康や余命を考える世代になったのである。

トイレの改修

和式の水洗トイレを洋式の水洗トイレ（ウォシュレット付き）に改修した。

四十年前にわが家を新築したとき、和式のトイレにするか洋式にするか迷ったが、まだ何となく馴染みがなかったので和式にした。

今日までその和式トイレでそれほど不便を感じなかったが、加齢とともに足腰が弱り、あわせて便秘気味になってきたので、思い切って洋式トイレに改修することにした。

女房に相談すると、「わたしはこのままでまだ大丈夫」と、前向きの返事ではなかった。しかし、私はそうと決めれば即実行で、その場で知り合いの工務店に電話を入れた。

後日、工務店の担当者が現地を下見に来た。工期は三日間、費用は三十万円程度とのことであった。

その一週間後、仮設トイレを用意して大工さんが来た。次に水道屋さんも現れ、まず和式トイレの取り外しから作業は始まった。続いて周囲のタイルのはぎ取り、床の段差の除去と相当苦労しながら一日目の作業は終わった。

次の日、早朝より大工さんと電気屋さんが来た。大工さんは床板と腰板を貼ったが、狭い場所なので窮屈そうに作業をしているようであった。

三日目、いよいよ新しい洋式のトイレが運び込まれた。大工さんはもちろん電気屋さん、水道屋さん、クロス業者の総動員で午後三時ころ工事は完了した。その後、大工さんよりトイレの使用手順の説明があり、使用可能となった。

やっとトイレの改修工事は終わった。それにしても、この三日間、わが家にトイレがないため苦労した。当初は、コンビニか道の駅で用を足せばいいと高をくくっていたが、現実はそう思うほど簡単ではなかった。コンビニも何度も借りるには気が引ける。しかたなく少し遠くだが道の駅まで行く羽目になった。ことに、昼間は何とかなったが夜間の用足しには閉口した。

もちろん仮設のトイレも駐車場に設置し周辺をテントで覆い目隠しをしていたが、結果的に私は一度も利用しなかった。女房は一度だけ利用したようだが、安心して用を足せなかったと言う。この間、とにかくコンビニと道の駅でお世話になったが、私は間に合わないときは畑の隅で立ちションをしたことも三度あった。

この苦労を思うと、全国各地の被災地などのトイレ事情を想像すると大変なものであろうとしみじみ感じさせられた。

わが家に設置された洋式トイレは快適である。なぜもっと早く交換しなかったのかと反省しきりである。ことに人肌の温もりの便座は応えられない。改修費用三十三万円は安いものである。

女房は、「お父さん、これを機会に小用も便座に座ってして貰えませんか」と言うが、私はそのつもりはない。古い人間だと言われるかも知らないが、男の小用は立ってするものだとの思いが強いからである。まだ当分は女房の要望は聞く耳を持っていない。

尾籠《びろう》な話だが、私も加齢とともに便秘ぎみになってきた。運動不足で腸の動きが悪いためであろう。ことに肛門の出口近くに大便が滞って排便がない状態が続くと耐えられない。何とか排泄しようと便座に座り何度も排便を試みるがどうにもならない。

このときこそ、ウォシュレットの活用である。肛門に直接ノズルから注水をする。これを数回繰り返すと便意を催し無理なく排便ができるのである。もちろん、ウォシュレットは排便の後に使うものであることは知ってのことである。

私たちは美味しい食事と快適な排泄が健康のバロメーターである。ところが、快適な排泄に苦労している方が結構多いようである。テレビのコマーシャルをはじめ、薬局の店頭に並ぶ便秘改善薬の多さに驚くばかりである。これはいかに便秘で悩んでいる方が多いかを物語っている。便秘気味の方は薬の服用はもちろん、何とか水洗トイレの有効活用で爽快な日々を送って貰いたいものである。

今、公共施設のトイレはいずれもきれいに整備されてきた。ことに高速道路のサービスエリアのトイレはホテル並である。世の中、やっと排泄の大切さに気が付いてきたのであろう。

新しいトイレで便座に座り用を足していると、子供の頃の農家のトイレを思い出し、まさに隔世の感である。

植えてはいけない庭木

スマホを覗いていると標記のような記事があった。その庭木の名称は、ケヤキ、カイズカイブキ、サクラ、キウイ、ツタで、その理由を解説していたが、なるほどそうだと納得させられた。いずれの木々も枝やツルが異常に伸び、それを切り詰めて剪定すると樹勢が弱り枯れるなど管理にひと苦労するからである。

だれしも庭付きの一戸建を持つと、庭の隅々に緑が欲しくなり庭木を植えたがる。私も例に洩れず、四十年前に自宅を新築したが、狭い庭に無計画に庭木を植えた。先々のことなど考えず手当たり次第に植えた感じであった。窓越しに眺める木々の緑は何となく心を癒してくれるからであった。それが今では木々が蔓延《はびこ》り、五月の芽吹き時の剪定は何日もかかり大変である。

それらの庭木の中に、先にあげた植えてはいけない庭木が二種類ある。カイズカイブキとツタである。カイズカイブキは駐車場の側に植えてあるが、いくら枝を切り詰めても限界で樹形はままならず駐車場が乗っ取られそうである。

次にツタは裏庭で伸び放題になっている。これは苗を植えた覚えはないが、お隣との境のブロック塀の側にサザンカを植えたとき根の一部にツタの小苗が付着していたのであろうと思われる。

ツタは、ブドウ科ツタ属の落葉のツル性植物で、建物の壁などに吸着しながら這うように成育する。阪神甲子園球場のツタはあまりにも有名で風情があるが、廃墟などにからまったツタは異様な感じがする。まさに、ツタに征服された光景は痛ましい限りである。

ツタは成育が旺盛で毎年剪定は欠かせない。放置するとツルはブロック塀を越えスダレのように風になびき、サザンカの枝にからまりついて手が付けられなくなる。

たしかに、当初はツタが根付いたときはうれしくなった。ネズミ色のブロック塀に緑の葉がへばり付くと一見風流であった。数年経てばブロック塀を覆うであろうとその光景を楽しみにしていたほどであった。

ところがそんなツタも今では厄介物となった。そのうちサザンカはもちろん、他の庭木もツタに乗っ取られるのではないかと思われる。そんなとき標記の記事が目に留まりツタを取り除く決心をした。

そうと決めたものの、いざツタを取り除くとなると躊躇《ちゅうちょ》した。これほどまでに成育するには四十年もかかったのに、取り除いてしまうとお隣との目隠しがなくなってしまう、また、無気質なブロック塀では風情がないと思案した。

その結果、一日目は思い悩んで手を付けれなかったが、次の日は意を決して作業に取り掛かった。まず、ブロック塀やサザンカに絡まったツルの部分を取り除き、縦横無尽に蔓延っている根を剪定挟みで切断した。それらを順次掘り起こして取り除くのだが一筋縄ではいかない。

ツルの絡まったブロック塀は十五メートルほどで一日の作業ではどうにもならず、その日は大きなゴミ袋六個を満杯にして作業を終えた。次の日も引き続いて作業に取り掛かった。昨日の作業の疲れで腰に痛みがあったがそんなことは言っておれなかった。

とにかく作業を再開した。それにしてもよくぞ蔓延ったものだと感心しながら黙々と根を取り除いた。この旺盛な繁殖力があれば無人の家屋を覆い尽くすのは簡単なことだと納得させられた。

夕方までかかって取り除いたツタはゴミ袋五個になった。細心の注意を払って作業したが完全に根を除去できたとは思えない。しかし、これが限界であとは芽吹きどきに気づけば、そこを掘り起こすしかないと諦めた。

やっと作業は終わった。今まで見えなかったブロック塀が顔を出し、何かすっきりした感じになった。また、お隣との目隠しも心配したほどではなかった。


これでツタの悩みは一応解決し安堵したものの、欲をいえばまだ悩みはある。それは肉桂の庭木で、裏庭の隅に樹高九メートル、幹回り一・三メートルの巨木がある。肉桂はクスノキ科の常緑高木で、樹皮は緑黒色で芳香と辛味があり、葉は緑で楕円形である。

この肉桂の剪定は素人の手には負えず、造園業者に依頼するのだが高所作業車が必要なので費用もばかにならない。いっそ切り倒そうかと考えないでもないが、芽吹き時には辺り一面に芳醇な香りが漂い、春はメジロがさえずり夏はセミが集まって、何かと楽しませてくれるのでここ当分はこのまま管理するしかないと思っている。

最近の住宅は宅地も狭く庭木どころでないが、庭木は家に付き物で、立派な庭木の庭園は家の風格を感じさせられる。

しかし、ときに大きな屋敷で管理の行き届かない庭園を目にすることがあるが、そんな状態が数年続くと手が付けられなくなってしまうであろう。とにかく家庭の庭園には樹高が異常に伸びる木は不向きである。また、ツル類や枝を切り詰めたところから新たな芽吹きのない木々は植えてはいけないと、あらためて教えられたのである。

喫茶店のお客

午前中、喫茶店に行った。行きつけの喫茶店なので座る席も決まっている。それは喫煙室の近くの席である。

いつものことなのでその席に座ろうとしたが、すでにご婦人二人が座っていたので隣の席に座った。

コーヒーを注文し新聞を読み始めた。ところが、ご婦人の会話の内容が筒抜けである。少し小さな声で話してもらえないものかと思ったが、話の内容に興味があったので不謹慎だが聞き耳を立てた。

その内容は、とにかく他人様の悪口である。よくぞ次々と言えるものだと感心しながら聞いた。他人様の性格や服装のセンス、子供の教育、ご主人の仕事の内容、庭木の手入れなど次々と際限がない。それを聞いている相方のご婦人も口車を合わせるものだから困ったものである。これではと聞くに耐えなくなって横目で二人を眺めるのだが、顔を突き合わせ話に夢中で気が付かない。

ほどなくタバコを吸いたくなり喫煙室に入った。一服して喫煙室を出たすぐの席に座っている一人の若い女性に目が留まった。先のご婦人と違って静かに勉強をしているようであった。そのとき、テーブルの上に置かれた書籍に驚いた。異常に分厚い本で要所要所にシールが貼られ、相当読み込んでいるように感じた。あまりのことなので失礼を承知で「これは何の本ですか」と声を掛けた。

彼女は、看護の本だと笑顔で答えた。看護学生でこれはその教科書だという。書籍の内容は小さい文字で記載されていた。看護師試験にはこんな勉強が必要なのかとあらためて驚いた。

看護師試験、頑張りなさいと激励して、元の席に戻ったが先のご婦人は相変わらず他人様の悪口を並び立てていた。これほど他人様に関心があるのだろうか。それが嫌なら付き合いを止めればいいのではないのかと思った。いや、何かを標的にして楽しんでいるのかもしれない。それにしても他人様の悪口はご法度《はっと》である。むしろそんな話題になったら、相方も話題を変えるべきでそれに同調するなど論外である。

喫茶店にはいろいろなお客がいる。一人でコーヒータイムを楽しんでいる者、読書や勉強に没頭している者、スマホをいじって時間調整をしている者、ビジネスの応対をしている者などであるが、なかには先のご婦人ように、他人様の悪口でうつつを抜かしている者もいるのかもしれない。

男同士は、一般的に他人様の悪口には関心がないし、その暇も無い。だが女性は、充分暇を持て余し、他人様に目が向くのかもしれない。

そんなことを思いながら、店内全体の客を見渡して見た。中年のご婦人の客はいずれも口角泡を飛ばしているようであったが、他人様の悪口でないことを願った。

帰宅して女房に、喫茶店での特異な光景を話すと、女房は、「女性はついついそんな傾向にあるが、わたしはそうなると話題を変えるようにしている」と、優等生のような答えが返ってきた。

だれしも他人様が気になる。まさに自分との比較である。他人様をとやかく言うほど自らは完璧な行動が取れているとは思えない。自分を棚に上げて他人様をとやかく言っても始まらない。

私も再三喫茶店を訪れるので、ときに隣の席の会話を小耳に挟むこともあるが、今回のそれは異常そのものであった。

喫茶店はいろいろなお客が訪れる。とにかく、他人様の悪口を言い合う場であってはならない。ことにご婦人のお客は要注意で、暇に任せて他人様に関心が向いているためか、これぐらいは大丈夫だろうと我慢が出来なくなるのであろう。

いずれにしても他人様の悪口は慎むべきである。ましてや喫茶店でそれを声高らかに話すなど以ての外である。だれが聞き耳を立てているか分からないのだから……。

郷土料理

いずれの地域にも郷土料理や名物料理がある。郷土料理は、地域特有の産物を独自の方法で調理し、その地域に古くから伝承されている料理である。一方、名物料理は、その土地の名産品の簡単な料理で、少なからず地区住民の間で評判の食物である。

我が今治市にも、『鯛の浜焼き』『法楽焼き』『鯛めし』などの郷土料理があるが、名物料理の代表格は、『焼豚玉子飯』と『鉄板焼き鳥』である。

『焼豚玉子飯』は、丼によそった白米のご飯の上に焼豚と目玉焼きを乗せ、甘辛い焼豚のタレをかけたシンプルな料理であるが、ボリュームと美味しさで人気がある。

これは、市内の中華料理店のまかない飯であったが、二〇一二年の全国ＢＩグランプリで入賞し、それがネット上で拡散し一躍有名になった。今では市内のいずれの中華料理店でも食することができる。

先日、昼食に中華料理が食べたくなり、女房と中華料理店をのぞいた。そこは市内でも著名な店で店内は広々としている。駐車場も二十台ほどは駐車できるが、そこに停まっている車のナンバープレートは県外のものばかりである。

店内は客で満席状態であった。私は『焼豚玉子飯セット』を、女房は中華丼を注文して料理の出来上がりを待った。その間、先客の注文した料理を見ると、ほとんどが『焼豚玉子飯』である。それをスマホで物珍しく撮影している。あきらかに、『焼豚玉子飯』を食べる目的で訪れたのであろうと思われた。

『焼豚玉子飯』も、一品だけでは見栄えがしないが、餃子や唐揚げ、ラーメンなどとセットにすると豪華な料理に見える。ほどなく、私が注文した『焼豚玉子飯』が運ばれてきた。半熟の目玉焼きを潰し、それを丼全体にかきまぜると、甘辛い焼豚のタレにご飯がからみ絶妙の味になる。やや油濃い感じがしないでもないが、あしらわれた生野菜と一緒に食べると、口の中は見事に調和した。

中華料理店のまかない飯の『焼豚玉子飯』が、すっかり観光客の目指す当地の目玉料理になった。県外から来店されている方々は、『焼豚玉子飯』を充分味わっていただき、その美味しさを友人や知人に伝えていただきたい。

今では、この『焼豚玉子飯』も地域おこしに利用され、その普及のため焼豚玉子飯世界普及委員会なるものが組織されて活動をしている。


『鉄板焼き鳥』

焼き鳥といえば、鳥肉を串に刺し炭火やガスで焼いたものが主流である。ことに、備長炭で焼いたものが絶品だといわれている　ところが、当地の焼き鳥は、二枚の鉄板で挟み焼きするのが主流である。これは昭和三十五年ころ、市内の焼き鳥店が今治人のせっかちな気質に合わせ、その注文に早く応えようと考案したものである。

この焼き鳥の調理方法は「旨い、早い、安い」と人気を博し、あっという間に同業者に広まった。ことに鳥の皮を刻んだ「皮」は、歯ざわりのいい食感と独特の味わいで一番人気である。

市内にはいたるところに焼き鳥店がある。私もときにのれんをくぐるが、それは市内で最古の店で、『鉄板焼き鳥』発祥の店である。大将は二代目であるが、カウンターに座ると笑顔で迎えてくれる。注文するのはまず「皮」である。

次は、レンコンの肉詰め、鳥ネギ、シイタケ焼きである。唐揚げも必ず注文するが、鳥肉に下地を付けて油で揚げたもので、当地では「せんざんき」と呼ばれ、外はカリッと中はジューシーで応えられない。

在職中から通っている店なので、注文する料理もほとんど同じである。店は代替わりしたが、後継者が先代の味を守ってくれているので、ありがたい限りである。

この『鉄板焼き鳥』は、名物料理というよりは、むしろ市民に親しまれる郷土料理そのものである。

これから見ると、郷土料理と名物料理の線引きは難しく、時の経過とともに一体化されると思われる。ほどなく『焼豚玉子飯』と『鉄板焼き鳥』は、今治市の郷土料理として認知されることは間違いないであろう。

初出一覧

文芸家の会「架け橋」

大腸内視鏡検査	令和三年一月	第三十八号
新刊のＩＳＢＮ番号	令和三年十月	第四十一号
下水の点検	令和四年一月	第四十二号
和顔施	令和四年四月	第四十三号
認知機能検査	令和四年七月	第四十四号
句碑の清掃	令和四年十月	第四十五号
隣家の庭木	令和五年一月	第四十六号
図書館	令和五年四月	第四十七号
霊峰石鎚山	令和五年七月	第四十八号
雨が降る	令和五年十月	第四十九号
来島海峡	令和六年一月	第五十号

初出一覧

『じゃこてん』　令和六年四月　第五十一号

随筆文化推進協会『随筆にっぽん』

拙著の出版　令和二年十月　第二十一巻

観光列車　令和三年五月　第二十二巻

無人の野菜販売　令和三年十一月　第二十三巻

『鳥獣戯画』のなぞり描き　令和四年五月　第二十四巻

随筆文化推進協会『随筆の友』

随筆の妙味　令和四年十月　創刊号

名物『六子料理』　令和五年四月　第二号

珈琲縁日　令和五年十月　第三号

『いまばり博士』検定試験　令和六年四月　第四号

あとがき

拙著をお読みいただきありがとうございました。

私の趣味は、家庭菜園、囲碁対局、物書きで過ごしてまいりましたが、今では、体力的に物書きのみとなりました。

喜寿を過ぎ、それもいつまで続くか分かりませんが、日常の新たな出会いに巡り合うと嬉しくなって筆が進みます。ありがたい限りです。

素人の物書きにとって何を題材に作品を書くか、悩みの種です。ことに平凡な日々を送っていると尚更です。

さればとて充実した日々を送り続けることは到底望めません。少しでもそんな気心で生活出来ればと願っています。

拙著の上梓にあたり、創風社出版の皆様に編集や校正、装丁などご協力をいただきました。厚くお礼申し上げます。あわせて、お読みいただいた皆様のご多幸を、心からご祈念申し上げます。

二〇二四年　初夏

黒瀬　長生

著者プロフィール
黒瀬　長生（くろせ　ちょうせい）
1945 年　愛媛県に生まれる　中央大学法学部卒業
2004 年　第 50 回「日本随筆家協会賞」を『私の名前』で受賞
2011 年　第 7 回「日本詩歌句随筆大賞」を『随筆 次の楽しみ』で受賞
2014 年　第 1 回「架け橋賞」を『枕勝手』で受賞
2016 年　第 22 回「随筆春秋奨励賞」を『遺品の整理』で受賞

主な著書　『年金相談日記』（愛新舎）
『小さな親切』『恥のかき捨て』（日本随筆家協会）
『随筆 次の楽しみ』『随筆 もう一人の私』（文芸社）
『随筆 早朝のメール』（ルネッサンス・アイ）
電子書籍『心に住みし人』（22 世紀アート）
『随筆 ふるさと探訪』（創風社出版）

随筆文化推進協会「随筆の友」講師
文芸家の会「架け橋」同人
日本詩歌句協会大賞選者（随筆評論部門）
文芸処「ひうち」主幹
愛媛県今治市桜井在住

随筆　住みたい田舎

2024年7月23日発行　定価＊本体1400円＋税
著　者　黒瀬　長生
発行者　大早　友章
発行所　創風社出版
〒 791-8068 愛媛県松山市みどりヶ丘９－８
TEL.089-953-3153　FAX.089-953-3103
振替 01630-7-14660　http://www.soufusha.jp/
印刷　㈱松栄印刷所

 ISBN 978-4-86037-345-0